1

地獄犬受難日

碰碰俺爺

插畫／澈總

目錄

第一章 ✧ 地獄犬托比亞斯 004
第二章 ✧ 利蘭神父 035
第三章 ✧ 多可愛 057
第四章 ✧ 說喜歡 080
第五章 ✧ 越危險越喜歡 103
第六章 ✧ 誰是世界上最棒的狗狗？ 133
第七章 ✧ 天使 147

第八章 ◊ 擀麵棍 160
第九章 ◊ 真正的恐怖 181
第十章 ◊ 你打下去啊 201
第十一章 ◊ 飽足 223
新春特別番外篇
嗨，我是吉吉，我是一隻生活在地獄裡的超爆幹ㄅㄧㄤˋ吉娃娃。 240
限定新寫番外篇
伊莎貝拉的受難 247

第一章

地獄犬托比亞斯

親愛的桃樂絲，我想，就是今天了。

在我三百零五歲的生日，在大日子來臨的這天，我打算為自己破處。

對，破處……

地獄犬托比亞斯坐在書桌前，用他的人骨鉛筆在日記本上振筆疾書。

日記本的外觀看上去像燒焦的樹皮，內頁也是，翻頁時還會發出燒焦的煙味。一顆有著濃密睫毛的眼珠忽然在托比亞斯書寫的地方冒了出來，有些嫌惡地瞇著眼。

不、不！妳誤會我的意思了，不是妳想像的那種「破處」。

我所謂的破處是指——我準備好讓人間的某個愚蠢人類進行對我的第一次召喚了。

眼珠眨了眨，轉了一圈，安然闔眼。

托比亞斯則繼續寫著。

為了這天，我已經準備許久，我甚至看了好幾遍撒旦演講的 Dead Talk 來激勵自己。

在好幾天的努力下，我的契約書已經完成，今晚，它將被我送去人間。而它在人間必能成功吸引某個心懷惡念的人類與我簽約，順利將我推銷到人間。

屆時，人間的蠢蛋們將會幫助我，使我成長為一隻巨大、可怕、駭人、令人聞風喪膽的——終極 APEX 暗墮地獄犬！

日記頁上的眼珠又張開，露出了嫌棄的眼神。

我會讓我的兩個兄弟知道我並不是他們口中可憐的小吉娃娃托比……

「托比！托比亞斯！下來吃晚餐！」

正寫到熱血激昂處，托比亞斯房門上掛著的三顆骷髏頭吊飾發出了尖叫聲。

「但我正在忙……」托比亞斯回嘴。

三顆骷髏頭卻再次尖叫：「現在就下來！現在！」

「每次都挑這種時候……」托比亞斯碎碎唸著，嘴裡零星地噴著亮橘色的小火焰，手上還是乖乖地收拾起東西來。

抱歉，桃樂絲，晚餐時間到了。

不下去老媽會生氣。

我們待會兒繼續聊。

托比亞斯闔上日記本，起身穿上他心愛的撒旦親手簽名「直達地獄」限量棒球外套，離開他貼滿了撒旦路西法萬世巨星海報的房間。

他快步下樓，經過庭院時稍微駐足了腳步。

地獄外頭血紅色的烈日正懸在高空中焚燒，還下起了點綠色的火焰小雨，黑色的彩虹掛在天空，靈魂慘叫聲此起彼落地從街上的各處傳來。

今天天氣不錯，是個好預兆。托比亞斯心想。

托比亞斯站在庭院前欣賞著美景以及悅耳的尖叫聲，雙手扠腰，深吸了口帶著酸味的空氣，這才進到廚房。

他的地獄犬家庭正團聚在餐廳裡共進晚餐，就等他入座。

「親愛的，今晚想吃什麼？我們有牛血布丁和基督徒處男心臟。」

穿著圍裙，身高大概兩百五十公分，肌肉結實，長著一顆黑色狗頭的地獄犬正在替大家端上晚餐。

那是托比亞斯的老爸，地獄人稱性感寶貝的加姆十四世，但大家都叫他加姆。

「不知道，我們有小胡蘿蔔可以吃嗎？」托比亞斯拉開椅子坐下。

比起牛血布丁和基督徒的心臟，他更喜歡那些紅紅的，咬起來清脆可口的小胡蘿蔔。

甜甜的，多好吃，可惜他老媽似乎不這麼認為……

坐在主位上，原本正看著報紙的老媽探出了她的三顆頭。

對，三顆，母地獄犬通常有三顆頭，這就是為什麼她們看起來永遠比公地獄犬還強悍瀟灑同時不意外的還有夠會碎碎唸。

「你就是老吃那種垃圾食物才長不高。」
「別這樣說我們的兒子。乖，托比，吃肉才會長高。」
「性感寶貝再來點心臟吧？」
讓托比亞斯來介紹一下他的老媽——說話苛薄的那顆頭叫克絲蘿，溫柔溺愛的叫比絲蘿，一直在性騷擾老爸，很ㄎㄧㄤ的那個叫帕絲蘿。
很難記沒錯，托比亞斯知道，所以他通常稱呼她們老媽而已。
「你媽咪們說得對，你太挑食了，多吃點對你好的東西才能長得更高。」老爸說，舀了一大勺牛血和處男心臟到他盤子上。
帕絲蘿摸了老爸的屁股一下，另外兩顆頭在瞪她。
托比亞斯了無生趣地戳了戳盤子上的基督徒處男心臟和牛血。他並不是特別愛吃這種東西，腥腥的、軟軟的，咬起來還會聽見他們死前最後的哀號：「不不不不我不要還沒打過炮就……」
很吵。
但他的兄弟們很愛。
說到他的兄弟們……

「你剛剛躲在房間裡幹什麼，吉娃娃？」
托比亞斯盤子裡的心臟被夾走，老爸又添了一堆上來，然後又被人夾走。
「我跟你打賭他一定是躲在房間裡打手槍。」
托比亞斯瞪著搶食他盤裡食物的兩個魔鬼，他的三胞胎兄弟——大哥莫希流斯和二哥馬努列斯。
很難記，托比亞斯知道，所以他通常稱呼他們為——
「我才沒有！閉嘴啦！耶穌基督們。」
「托比亞斯，在地獄裡別說髒話。」老爸瞪了他一眼。
是我的錯嗎？托比亞斯只是攤開雙手這麼表示。
「吉娃娃打手槍。」莫希流斯開始發出討人厭的笑聲，馬努列斯跟著發出討人厭的笑聲。耶穌基督們笑到肩膀抖動，火焰跟著從嘴裡哈哈哈地噴射著，桌面也震動了起來。
托比亞斯討厭他的兄弟們。
雖然是三胞胎地獄犬，可是托比亞斯卻是其中的異類。
莫希流斯和馬努列斯個頭都跟老媽老爸一樣大，他們還有著高聳英挺的立耳、烏亮黑髮和蜷曲的巨大惡魔角。

托比亞斯就不同了，托比亞斯是家裡唯一的紅髮，只有一雙垂耳，他的惡魔角也從來沒發出來過，藏在蓬鬆柔軟的紅髮下，只是個沒用的微尖凸起，既不嚇人也不可怕，還很敏感。

除此之外，大概是在母親肚子裡時養分都被兩個兄弟吸走了，在家人之中，托比亞斯特別嬌小……他只有兩百公分高而已。

在地獄犬中算是發育不良的托比亞斯因此長年被兩個兄弟戲稱為「吉娃娃托比」。他超恨這個綽號。

「安靜！」

「吃你們的晚餐，不要戲弄你們弟弟。」

「哈！哈！吉娃娃打手槍。」

老媽們說，帕絲蘿笑出了眼淚。

托比亞斯和其他老媽一起對帕絲蘿翻了翻白眼，低頭用叉子玩著盤裡被新添上，堆疊如小山般的基督徒處男心臟。

老爸說基督徒處男心臟對補身高很有用，但托比亞斯只覺得補了一堆沒用的自尊心。

「所以你們今晚生日打算要做什麼慶祝呢？」老媽們攤開報紙，隨口又問。

「今晚我的信徒們將為我舉辦盛大的慶典，他們會用羔羊鮮血祭祀並歡迎我再次降臨人間。」大哥莫希流斯說。

他在人間有個信仰他的邪教小團體還什麼的，據說小有名氣。

托比亞斯不懂那些人類在想什麼，他們知道他們膜拜的地獄犬一直到兩百八十三歲，經過電線桿時都還會忍不住想抬腳尿尿嗎？

「今晚我的人類奴隸將召喚我，為我獻上她的處子之血、處子之身。」二哥馬努列斯說。

馬努列斯很受人間女性的歡迎，但他就是個人人好的渣狗而已。托比亞斯不懂那些女人為什麼這麼愛他，願意奉獻鮮血奉獻身體，她們應該要懂得愛自己才對。

「托比亞斯呢？你今晚要做什麼？」脫下圍裙的老爸問。

說到今晚，他也有他的大計畫。托比亞斯停止玩弄盤裡的食物，他清清喉嚨，抬頭挺胸，和他的兄長們一樣用戲劇性的聲音宣布：「今晚！我將……」

「躲在房間和你在地獄裡唯一的朋友……那本爛日記說話？」莫希流斯插話。

「順便打手槍。」馬努列斯說。

「吉娃娃打手槍，哈！哈！」老媽帕絲蘿發出豬笑聲。

原本正打算宣布自己的大計畫的托比亞斯一下子扁了嘴，雙手放在膝蓋上，氣到頭頂生煙。他想要再罵他的兄弟們是耶穌基督，但老爸說過不行，所以最後他只是氣噗噗地反駁道：「第一，我的日記才不爛，她有名字，叫桃樂絲！第二，我沒有要打手槍！第三，我要說的是……」

一家子盯著托比亞斯看，每個都在等他繼續說下去。

托比亞斯吞下即將要噴出口的怒火，深吸了口氣，戲劇性地喊道：「今晚！我會將我的契約書送至人間，我已經做好了被召喚的準備。」

似乎沒料到是這樣的計畫，客廳一片靜默，只剩托比亞斯尷尬吞口水的聲音。

他繼續說：「人間的某個人類將會受命運驅使，取得我的契約書，景仰我、崇拜我、為我所尊，並對我進行獻祭與召……」

但托比亞斯話才說到一半，耶穌基督們又開始發出討人厭的笑聲。

「笑死魔鬼了，景仰吉娃娃嗎？」

「他們要拿什麼獻祭？狗餅乾？」

「我是認真的！」托比亞斯皺著一張臉，轉頭就跟老爸老媽該該叫告狀：「爸！媽！」

老爸和老媽們卻用充滿關愛（或是可憐）的眼神望著他。

「你想被召喚去人間？你確定嗎？托比亞斯，你從沒去過人間耶。」老爸一臉擔心，彷彿剛才托比亞斯的提議是要去教堂受洗為基督徒。

「當然，我很確定！」

托比亞斯是家中唯一還沒被召喚到人間過的魔鬼。沒有人獻祭、沒有人景仰、沒有人崇拜，什麼都沒有，他也沒到人間為惡或幹過什麼大事。

他懷疑這就是他的惡魔角一直發不出來的緣故。

等被召喚到人間，幹了大事，受了獻祭和崇拜之後，他的惡魔角一定能長得又大又漂亮吧？到時候就能給他的兩個兄弟好看。

托比亞斯是這麼想的，雖然他還不確定要幹什麼大事……

老媽們這時卻攤了攤手上的報紙，一臉嚴肅地說道：「被召喚沒你想像的這麼簡單，要是你去人間被欺負了怎麼辦？最近人間的神經病很多……你看，這裡就有一則新聞寫著『被召喚至人間作惡，卻遇惡神父勒索，魔鬼末日到來』。」

老媽們戴起老花眼鏡，似乎也以為自己看錯了。什麼樣的人類能有這個能耐？

「太誇張了吧。」托比亞斯搖搖頭，他認為那只是假新聞而已。人間的記者們下了地獄的懲罰，就是繼續撰寫聳動標題提供魔鬼娛樂，有時候標題和內容天差地別。

「待在家裡不是很好嗎？上面多恐怖啊，真的遇到那種惡神父怎麼辦？你這麼小一隻，會被生吞活剝的。」老媽比絲蘿一臉擔心地嚇唬他，開始碎碎唸不停：「而且你確定你有好好制定你的契約書嗎？有沒有看清楚內容？會不會吃虧？」

「當然！我是個成熟的魔鬼了，我有做過功課……」

「只看撒旦的 Dead Talk 不叫做功課。」老爸又插話：「而且托比亞斯，你才三百零五歲而已，還是小狗，不急著被召喚吧？」

怎麼會不急？托比亞斯焦慮地摸了摸自己頭上的小惡魔角。坐在他巨大駭人的家人們中間，他看起來真的就像隻小吉娃娃。

他需要長大、長高、長得又凶又猛。

「不，我堅持，今天晚上我就要送出我的契約書！」

「不要勉強，今晚真的沒有計畫的話，就和我們一起窩在沙發上看 Hellflix 啊？」

老爸繼續勸說，老媽們也不斷勸退。

「你就不要到時候被欺負了又跑來跟我們哭哭。」

大哥莫希流斯選擇在這時加入戰局：「打賭吉娃娃托比遇到惡神父一定會嚇到閃尿。」

「賭了，我猜他會嚇到放火屁。」二哥馬努列斯也加入嘲笑的行列。

「吉娃娃放火屁！哈！哈！哈！」老媽帕絲蘿沒心肝地又笑出豬叫。

地獄犬一家七嘴八舌地討論著托比亞斯今晚的大計畫可不可行，客廳裡鬧哄哄地閃燃著火焰與呼嚕聲，直到怒不可抑的托比亞斯再也忍受不了，握拳捶桌情緒爆發大喊：

「耶穌基督神愛世人！」

◇◆◇

晚餐結束後，托比亞斯被老爸掐住後頸扔回了房間。

由於他在餐桌上失態地講了那句非常難聽的髒話，他今晚被禁止踏出房門一步。

雙手環胸，托比亞斯氣嘟嘟地坐在書桌前生悶氣，桌上的日記本張開了一隻眼睛看著他，主動攤開頁面歡迎他繼續在上頭寫字。

這個家沒有人了解我，桃樂絲。

我總不能到六百六十六歲的時候都還窩在家裡，摸著自己沒發出來的小惡魔角，和爸媽一起躺在沙發上看Hellflix吧？

大哥二哥都已經有自己的人類信徒了，我呢？

眼球眨著眼，猛送秋波。

我知道，桃樂絲，我也愛妳。

但妳不算是我的人類信徒，抱歉。

眼球轉動，沒說什麼，因為她沒有嘴巴。

這太悲慘了，再繼續這樣下去我會一輩子被叫吉娃娃托比。

似乎嫌他還不夠悲慘似的，庭院裡這時傳來了聲響。

托比亞斯打開窗戶一看，兩個巨大的金黃色召喚陣出現在庭院上方，人類們如同狂熱粉絲般紛紛喊著「莫希流斯！萬惡之王！」和「馬努列斯！馬努列斯！」的聲音不斷從上面湧下。

他的兩個兄弟們就站在底下，張開雙手，彷彿沐浴著榮光的王者，逐漸消失在人類們的召喚之中，臨走前還不忘微笑著對他揮手說再見。

嗯，又不是在選美。

托比亞斯反胃地翻了個白眼。滿臉嫌惡的他關上窗戶，坐回書桌前，但連桃樂絲都在用同情的眼神看他。

不能再這樣下去了，桃樂絲。

是時候改變了，人間應該要知悉我的存在。

托比亞斯將成為偉大的終極APEX暗墮地獄犬！

日記上的眼珠再度翻了個白眼給托比亞斯，不過很快地，她貼心地從日記頁中吐出了一張外表像牛皮紙的紙張給對方。

她瞪大眼珠，那是「綽號很蠢，但我支持你」的意思。

「謝謝妳，桃樂絲，只有妳了解我。」

托比亞斯接過那張黑色的紙張，那就是他辛苦了好幾個星期的大作——他的契約書。

與魔鬼簽訂契約通常是人類的工作，他們誠心祈禱，提出邀約，魔鬼再提供契約然後與人類同流合汙。

但家裡有太多有名的魔鬼，人間的蠢蛋們永遠只會先想到他的爸媽和兄弟們。繼續坐在家裡等待邀約，托比亞斯可能必須等上一輩子，所以主動出擊推銷自己是唯一的辦法了。

看著自己的契約書，托比亞斯再次確認所有內容。

雖然他作文成績一直都奇爛無比，但這次他很努力，他很確信自己寫出了一份完美的契約內容，他甚至花了大筆零用錢買了人類黑心律師的皮來當作契約書的原料。

這份散發著淡淡古龍水味和律師銅臭味的契約書簡直無懈可擊。

托比亞斯滿意地點了點頭，最後在人皮契約書上簽下自己的名字。他雙手合十，對著地面祈禱。

「親愛的撒旦，請讓我的契約書流落到渴望它的人類手裡，讓人類發洩他們的貪與慾，並使我更加邪惡、更加強壯。」

祈禱結束，托比亞斯捧起桌上的契約書親吻。

「請替我好好尋覓對象，拜託你了，理查。」

對，契約書的皮生前叫理查，房地產律師。

托比亞斯深吸了口氣，吹蠟燭似的對手裡的契約書吹氣，契約書一下子燃起了綠色的火焰。他的契約書將跟投送廣告一樣被投送人間，等待有著邪念的人類回應。

看著桌上被燃燒剩下的餘燼，托比亞斯知道自己的契約書已經確實送出了。

接下來一切就靠撒旦保佑了……

「等到托比亞斯這個魔鬼品牌在人間做大了，我會帶著妳飛的，桃樂絲。」心中大石一落的托比亞斯對著桌上的日記說：「我會買漂亮的鎖給妳，幫妳加裝堅固的書脊，還有妳最喜歡的粉紅色絨毛書皮。」

日記上的眼珠咕嚕嚕地轉動著。

「等著看，我一定會給那兩個耶穌基督好看，到時候召喚陣裡呼喊的就會是偉大的終極 APEX 暗墮地獄犬——托比亞斯了！哈哈哈哈哈哈哈哈哈！」

托比亞斯坐在書桌前，發出了可怕又震撼的笑聲，日記桃樂絲的眼睛也跟著瞇起了邪惡的弧度，直到——

「小聲點！托比亞斯！你會吵到鄰居！」

房門上的三顆骷髏頭又發出了尖叫聲。

托比亞斯乖乖放低音量，繼續和桃樂絲龜在書桌前小聲邪笑。

等終於笑夠了之後，托比亞斯抱著日記本躺到床上。他閉上眼，幻想著自己的契約書現在會出現在人間的何處，被什麼樣的人所擁有。

無論是何者，托比亞斯相信屬於他的黑暗日子即將到來。

◇◆◇

托比亞斯的契約書在經過烈火焚燒後被送上了人間，從陰暗的下水道被噴進繁華的街道裡。

在它的主人還在呼呼大睡作著美夢時，生前精打細算的它正背負著主人的期待，在充滿罪惡的人間街道上隨風逡巡，尋找適合的人類。

例如，站在大樓窗戶旁邊正在考慮要不要自殘以獲取保險金的男人……

或是，巷弄裡那個鬼鬼祟祟正在思考要翻進哪戶人家房裡行竊的老頭？

又或者是那個穿著高跟鞋，婀娜多姿地走在街道上，名貴的包包裡還裝著一瓶氰化物，打算拿回家加在她有錢丈夫食物裡的女人？

嗯，Interesting。

契約書最後隨著大樓冷氣噴出的熱風輾轉飄落到了打算毒殺丈夫的女人面前，它攤開身體，引誘女人隨手將它撿起。

然而當這個濃妝豔抹、貪財、殺夫不手軟的女人撿起地上的契約書，並準備閱讀時——一個蒙面搶匪忽然衝出來，用槍抵著她，搶走了她手上的所有東西，包括契約書本人。

有點意外。

不過不要緊，雖然錯失了一名優秀的惡毒女性，但被一個吸毒、搶劫，無惡不作，沒什麼下限的傢伙帶走也沒什麼不好。

魔鬼契約書的本質就是吸引邪惡的人類入股，越邪惡越好，也許這個傢伙才是適合終極 APEX 暗墮地獄犬的……

搶匪剛跑過一個街口，一輛疾駛而來的小卡車卻把他輾過，街道上頓時尖叫聲四起。

嗯，不，看來這個人也不是。

契約書因為這一撞飛了出去，飄落地上，不只被路過的人們踩踏，還和其他垃圾傳單混在一起。

運氣不太好。

契約書在地上掙扎著，幾張傳單因為地上的口香糖黏在了它的背上。

就在這時，一個逆著光、矮胖，有點禿了的中年男人一路走來，如同英雄般將它撿了起來。

這男人才是命中注定那個將要簽訂契約的人類嗎？

契約書凝望著眼前普通的中年男人，男人也凝望著它，然後……然後他將它翻了過去，開始閱讀起黏在它背面的教會宣傳單。

契約書還沒來得及掙扎，中年男人小心翼翼地將它和教會宣傳單折起來，放入屁股後方的口袋裡。

契約書被困住了，被困在教會的傳單與中年男人汗溼的屁股之間。

不，不要緊，契約書安慰自己。就像前面說過的，魔鬼契約書的本質就是吸引邪惡的人類，越邪惡越好，所以一直遲遲沒被發現，可能只是因為有更邪惡的存在在等待自己和終極 APEX 暗墮地獄犬而已。

運氣不可能再差下去的，再怎麼說它都是個邪惡強大的魔鬼契約……

「願天主保佑。」

看著路上發生的車禍小插曲，中年男人只是虔誠地用手點了點額頭和肩膀，替對方祈禱後，轉身繼續往他原本的目的地——教堂前進。

絲毫沒注意到在自己進入教堂時，屁股口袋冒出了陣陣白煙和細小的尖叫聲，一臉焦慮的中年男人只是看了眼手錶，然後在確認四下無人後進了告解室。

男人今天預約了告解，他內心有罪，而神父應該會在半小時後出現在包廂的另一端，聆聽他懺悔。等告解完，他將會感到輕鬆、感到愉快，不再為他的罪孽困擾……

「神父。」男人喃喃自語，想先練習如何開口吐露罪孽。

「幹嘛？」包廂另一端卻傳來了年輕男人的聲音。

男人嚇了一跳，透過隱晦的告解亭隔間看向包廂另一側。透過格紋木窗，隱約可以看見一個穿著一襲黑色制服，羅馬領顯眼的年輕男人就坐在隔壁。

「您提早了半小時，神父。」驚魂未定的男人按著胸口。

「有嗎？」對方回答。

神父的聲音年輕而低沉，但男人印象中預約告解的神父應該是一位老人家。怪怪的。

但男人沒有多想，也許老神父有事所以找了個菜鳥神父來代班，而對方搞錯了他的預約時間。

「神父，我想懺悔。」既然大家都提早到了，男人決定開始懺悔他的罪孽。

「嗯哼。」

不知為何，年輕神父的態度總感覺有點敷衍……這怎麼可能呢？沒有不愛上帝子民的神父。

「我的名字叫比爾……」契約書第一次聽到了中年男人的名字。他除了有個普通的長相外，連名字也很普通。「我……我有罪。」

「誰沒有呢？」年輕神父聳肩，一邊很明顯地低頭玩著他的指甲。「說說看啊，是什麼樣的罪？」

比爾深吸了口氣，他焦慮地雙手合十，欲言又止。

幾秒鐘的沉默讓包廂另一頭傳來深吸了口氣的聲音，年輕神父似乎沒什麼耐性。

「你浪費了我十秒鐘喔，朋友。」他講話的語氣也像是刻薄的女高中生。

比爾吞了口唾沫，坐立不安，他感覺到他的臀部正因為緊張和羞恥而出汗發燙著，全然不知道他屁股正像火一樣燒著可能是因為托比亞斯的契約書的關係。

他拿出手帕擦了擦汗溼出油的臉，包廂另一端卻再度傳來神父用食指敲打錶面催促他的聲音。

原本應該溫柔親切的私密告解變得像是偵查審訊一樣。

比爾被這個年輕的神父弄得胃痛，就在神父開始發出嘖聲之後，他終於承受不住壓力吐實：「我……我又犯錯了，我讓祂失望了。」

深呼吸，比爾開始他的懺悔與告解：「今天早上，在我搭地鐵上班的路上，我看到了那個穿制服的小男孩……等我回過神來時，我已經跟在他身後了。」

聞言，包廂那頭的神父沒有說話，他支著臉，也不知道有沒有在聽，一副興趣缺缺的模樣，反倒是被坐在比爾屁股下的契約書來了興趣。

也許是撒旦保佑，命運使然才讓它被比爾撿走。在比爾平凡普通的外表下，或許隱藏著一個相當惡劣，被色慾主宰的戀童禽獸。

「然後呢？」神父嘆了口氣，終於開口詢問。

「他發現我在跟蹤他，我想解釋我是因為覺得他很可愛才跟著他而已，並沒有惡意，可是他卻一臉驚恐……」

自稱自己沒有惡意的惡意最美味了，比爾果然沒讓它失望。一直偷聽雙方對話的契約書摩拳擦掌，它想，自己這一路上跌跌撞撞，為的就是被吸引到這個邪惡比爾的手裡吧？

「沒有惡意？」包廂另一頭的神父卻發出了輕蔑的笑聲。「所以怎樣？你被發現之後有告訴那個小孩你沒有惡意，跟蹤他純粹是想捐三百萬元終身學費補助給他，並且不求回報？如果是的話，我相信你沒有惡意。」

這神父到底是怎樣？比爾和契約書很有默契地同時心想。

「你有這樣做嗎？」神父又逼問。

「呃……沒有。」比爾的聲音越來越小，契約書感覺到自己正被他屁股上的汗水浸溼，那比進入神聖教堂還難受。

「那你做了什麼？」

「我……我拉他進了暗巷，他想尖叫，我就按住他的嘴讓他安靜。」比爾將臉埋進手掌裡。「在他哭泣的時候，我忍不住磨蹭起那個男孩，用手指撫摸那個男孩……」

比爾像個可憐孩子似的哭了起來，彷彿這樣就能洗清他的罪孽。

「我不是故意的，神父，我就是克制不了我的衝動，我懷疑我身上有魔鬼在驅使我做這些事。」

「魔鬼？」提到魔鬼時，神父的聲調拉高，彷彿他忽然對比爾說的話產生了興趣。

「什麼樣的魔鬼？」

比爾卻沒有回應神父的問題，沉浸在他自我憐憫的情緒裡，只是懊悔地繼續哭著說：「聽我說，神父，我真的是個好人……他不該一個人走在街上，他沒有掙扎、沒有哭的話，我一定不會做出這種事情，我只是一時衝動犯了錯……」

這傢伙是不會改的，契約書心想。此刻，他確定了比爾能成為托比亞斯的簽約對象，越邪惡荒淫的人類越容易為魔鬼馴服。

「如果我真心懺悔，真心地向上帝贖罪的話，您認為祂會原諒我嗎？您會原諒我嗎？」比爾哭得聲淚俱下。

對、對，快原諒比爾，然後放比爾出教堂，我們就可以在暗巷裡簽約了。契約書心想。

沒想到包廂另一端的神父只是聳了聳肩說道：「當然不會了，我為什麼要原諒你？」

「啥？」

啥？

這不是比爾和契約書想要的答案。

告解的標準程序應該是罪人懺悔，神父引經據典開導他，並且在最後告訴他神愛世人，不管怎樣，誠心認錯終會獲得原諒。

然後比爾就可以心安理得地離開……

「你說說看為什麼要原諒你？」

「因……因為我誠心懺悔並且保證不會再犯？」

「你才不是誠心懺悔，管不住小雞雞的人就是管不住……而且這關上帝屁事？為什麼要祂原諒，你猥褻的對象是祂嗎？」神父劈哩啪啦地說著。

要不是對方穿得像個神父，比爾和契約書真的會以為有個苛薄的女高中生坐在對面。

「但、但是……」

「你知道你要怎麼獲得原諒嗎？你應該去警察局自首，而不是第一時間跑來教堂說廢話……或更好的，下次有這種衝動就找座橋，然後跳下去，明白嗎？」神父發出讓人毛骨悚然的笑聲。

「但自殺是罪！十誡裡有說不能殺人，自殺就等於殺了自己……你到底是不是神父？」比爾有些惱羞成怒了。

「啊隨便啦，我們就別廢話十誡什麼的狗屁東西了。倒是你剛剛提到的魔鬼，你說的是真的嗎？你身上有魔鬼？有簽訂契約之類的嗎？」

包廂裡傳來了打火機的聲音，倏地，一股菸味飄了過來。

「你、你是在抽菸嗎？」比爾簡直不可置信。

神父看來也沒有要隱瞞的意思，他拉開了告解室內相隔兩人的木窗。

比爾抬頭，熱氣和煙霧噴到了他的臉上，讓他止不住咳嗽，而古怪的年輕神父終於露出了他的臉來。

年輕神父有頭整齊烏亮的黑髮，容貌相當俊美，眼角還有顆別有風情的淚痣。他輕輕地往比爾臉上吐著煙霧，瞇起一雙翠綠色的眼睛，盯得比爾心臟直跳。

原本微笑著的神父在上下打量了比爾一會兒後，臉上的笑容垮了下來。

「你在浪費我時間，朋友，你身上根本沒有什麼魔鬼。」神父修長的手指夾著菸，他把滾燙的菸灰彈在了比爾身上，比爾在告解亭裡亂跳著，最後氣憤地跳出了告解亭外。

神父慢悠悠地追了出來，他很高，身材修長。

「你身上看起來不像是有魔鬼的模樣，你會做這些事純粹是因為你心理變態而已，你應該去看心理醫生或找真正的醫生幫你閹割，而不是來這裡找神父胡說什麼有魔鬼在唆使你。」神父一臉不悅。

「你真的是這裡的神父嗎？你根本不是神父吧？」比爾一臉氣憤地看著眼前的年輕男人。

沒想到對方只是聳了聳肩，微笑不語。

「你是誰？你為什麼穿著這身衣服在教堂裡假裝神父？」

「我？」年輕男人看了看自己，他對著比爾攤開雙手。「你不覺得我穿起來很好看嗎？」

確實是滿好看的，比爾和契約書不得不承認，但是他嘴上沒有服輸：「還好吧。」

「你說什麼?」假神父不高興了，他彈掉手上的菸，美麗的臉變得陰沉可怖。

但比爾才不怕這個自以為是的年輕人，他好歹也是在社會上有所歷練的青壯年人士。比爾很憤怒，激動得臉紅脖子粗，上前就要查看這個假神父身上有沒有藏著相機還是手機。

「你才浪費我時間，為什麼要躲在告解亭裡假扮神父，你是什麼網紅嗎?在拍惡作劇影片嗎?你想勒索我……」

不過手都還沒碰到對方，年輕男人抓住了他的手，俯身用肩膀往他腋窩一頂，直接將他過肩摔到地板上。

砰的一聲，比爾被摔傻了，但一切遠遠還沒結束。

叼著菸的神父長腿一跨就坐在他身上，一手扯著他的衣領，另一手幾個巴掌不客氣地揮下來，啪啪啪的聲音在空曠的教堂裡迴盪著。

「還好?你跟我說還好?我穿這身衣服他媽的美死了好不好。」

「別打了、別打了!」

「說對不起，說對不起我浪費了你的時間，說對不起我說了還好吧，說對不起你穿這樣美死了。」

神父沒有停下巴掌，比爾哭了。

「對、對不起，對不起我浪費了你的時間……對不起我說、我說了還好吧……對不起你穿這樣美死了！」

神父終於停下了賞對方巴掌的舉動，他坐在對方胃上，掐著對方的臉說：「這才是道歉的方式，知道嗎，朋友？」

「知道了，我知道了！」比爾淚流滿面，對方一有動靜他就忍不住抬手護住腦袋。

但神父只是站起身，從懷裡又掏了根菸出來叼在嘴上。

「我可以、我可以走了嗎？」比爾抹著臉上的淚水。

「走去哪？去暗巷猥褻小男童造成人家一輩子心理陰影？」神父瞇起眼，擦得發亮的皮鞋踩在比爾臉上。「當然不能走了，你來這裡不是要懺悔的嗎？那就好好懺悔啊……脫掉衣服。」

「什……什麼？」

「脫掉衣服，別逼我揍你。」神父冷冷地說。

比爾可憐兮兮地從地上爬起來，在對方的威脅下不得不脫起衣服，而托比亞斯的契約書也終於在比爾脫褲子時脫離了他汗溼的屁股。

只穿著內褲的比爾無助地看著神父，神父瞪著他說：「看什麼，脫掉啊。」

「內褲也要？」

「對，當然。」神父說：「你現在知道羞恥，怎麼猥褻小孩的時候不知道？」

比爾擦著淚水脫下內褲，在基督受難的雕像下哭得鼻涕直流。

神父愉快地哼著聖歌，撿起比爾丟在地上的襯衫，隨手把赤裸的比爾綁在了神壇之下，而比爾這時見狀不對，才忽然想到要尖叫似的準備大聲吼叫，神父卻把他的內褲塞進了他嘴裡。

「你就待在這裡好好懺悔。」神父拍了拍比爾的臉頰，笑逐顏開，像綻放的豔麗花朵。

托比亞斯的契約書在比爾的卡其褲裡掙扎，它不能留在這裡，繼續留在這裡它會被神聖的氛圍給殺死。

比爾看起來已經沒用了，而它必須找到下一個對……

「為什麼你的褲子在冒煙？」

倏地，契約書聽到頭頂上傳來年輕神父低沉溫柔的嗓音，它在比爾的卡其褲口袋內一陣翻滾，一隻手把它抓了出來。

神父用他修長的手指攤開契約書，替它撕掉了它背後黏著的教會廣告。

「這什麼？」神父哼了聲。

托比亞斯的契約書赤裸裸地，在教堂祥和而神聖的氣氛下正冒著白色的煙霧。神父讀著契約書上頭的字眼，嘴裡吐出的煙霧和契約書冒出的煙霧混在一起。

「哈……托比亞斯？」

俊美的神父嘴角揚起，咧得越來越高。

「看來是我誤會了，你身上確實有魔鬼跟著耶。」神父笑瞇了眼，對比爾揮舞著手上的契約書。

契約書又開始冒出小小的尖叫聲，它以為自己在替托比亞斯找到新的簽約對象之前，要先被神父淨化了，然而神父卻用指腹輕輕撫過它的身體，然後將它折疊起來，放進上衣口袋裡。契約書沒像想像中的燒起來，對方聞起來甚至有股讓人著迷的香味。

現在是怎樣？

契約書貼在神父的胸口上，聽不見對方的心跳。

「愚蠢的魔鬼。」

神父喃喃著輕拍自己的胸口，他把菸捻熄在痛哭的比爾身上，大步一邁離開教堂。

第二章

利蘭神父

人人都說魔鬼只會入夢，不會作夢。

這其實是個錯誤概念，魔鬼是會作夢的，托比亞斯就作了個夢。

夢裡的他身處一片黑暗之中，赤裸的全身冒著金橘色的火光，目光如炬，身形巨大又恐怖，還長出了尖銳的惡魔角。

……真是酷到一個不行。

夢裡的托比亞斯擺弄著健美先生的姿勢及體態，然而就在他興奮地摸起腦袋上長出來的惡魔角時，頭頂上傳來了一個男人的聲音，他呢喃著：「托比亞斯……」

看來是有個懦弱、迷茫，內心卻充滿慾望的人類被他文情並茂且充滿自信的契約書給吸引，正在黑暗之上呼喊他的名字。

托比亞斯心想：是的、是的，愚蠢的人類，呼喚我的名字。

他凝視著黑暗，黑暗也凝視著他。

黑暗中的人類將成為第一位和未來的終極 APEX 暗墮地獄犬簽約的人類奴隸，而他將被召喚至人間，掀起一場腥風血……

就在托比亞斯計劃著這一切的同時，黑暗中的聲音又補了一句：「愚蠢的魔鬼。」

什麼？

花惹……愚蠢的人類是在看不起他嗎？

托比亞斯戲劇性地倒抽一口冷氣，還以為是自己聽錯了。好大的膽子，人類竟膽敢稱呼他為愚蠢的魔鬼？

他不滿地噴起火來，剛想回嘴，卻忽然一句話也說不出來。

黑暗沉甸甸地壓著他，一股力量環住了他的脖子，讓他就像被上了項圈似的。地獄的業火再也噴不出來，他無法雄偉地吼叫，連頭和耳朵都抬不起來。

托比亞斯渾身冒汗，還沒搞清楚狀況，一隻手摸上了他的腦袋，沿著後頸往背部撫摸，像在順他的毛一樣。

「乖狗狗，喜歡我這樣摸你嗎？」

那隻手沒有停下，沿著托比亞斯的尾椎順過他的尾巴，一路往下，直到越過了隱晦又色情的界線。

「你喜歡對嗎？嗯？」

雞皮疙瘩在托比亞斯的皮膚上跳舞，他試圖否認他喜歡被這樣撫摸，但他想騙誰呢？魔鬼天性就喜歡這種撫摸，色慾可是榮耀的七原罪之一。

偏偏托比亞斯還是那種——最愛被拍頭和搔肚子的魔鬼，偉大卻平易近人的地獄犬。

啊！該死。

托比亞斯顫慄著，糾結地在心裡咒罵，同時又忍不住給予對方鼓勵——

再下面一點，對，再往下面一點。

托比亞斯想要對方撫摸他的腹部，想被拍屁股，想被好好地……還沒思考完自己還想要什麼，黑暗裡的人卻忽然發出笑聲，並且打斷了他。

「還沒，等著。」

那個聲音說，並且同時停止了讓托比亞斯意猶未盡的撫摸，還捏住了他的後頸將他像小狗一樣提起來。

惱怒的托比亞斯正想抬起臉看清對方的長相，並出聲嚇唬對方，卻發現該從嘴裡跑出來的低沉吼聲變成了尖銳的尖叫聲，就像……

吉娃娃的叫聲。

「汪！汪汪汪汪汪！」

托比亞斯渾身是汗地從夢中驚醒。他睜眼，一隻嬌小、凸眼的吉娃娃正站在他肚子上對著他猛叫，嘎啦嘎啦地啃咬著他的臉。

托比亞斯驚魂未定地拉開身上的吉娃娃，抹掉臉上的口水，滿身疲憊地從床上坐起。

「耶穌基督！這什麼夢……」他拉開床被，睡褲裡正支著小帳蓬。

他剛剛是作了惡夢還是……春夢？

沒等托比亞斯想清楚，被他拉開的吉娃娃又開始攻擊他。

「好啦、好啦！我起來了！」托比亞斯對吉娃娃吼道。

吉娃娃那長滿尖刺的狗牌上寫著：吉吉。

吉吉是老爸加姆的寵物，由於吉娃娃那種外星人般的長相和陰沉暴虐的特性，牠們在地獄一直很受魔鬼們歡迎。

加姆最近也帶了一隻回來，只是帶回家後幾乎都是托比亞斯在照顧，因為托比亞斯是家裡唯一沒有「外務」的人，還有他的綽號就是「吉娃娃托比」……

老爸一直以為他們能相處得很好，但事實並非如此。

扯開咬住他不放的吉吉，托比亞斯翻起身來換衣服，吉吉則歪斜著舌頭吐在嘴邊，一臉沒事般哈著氣，好像根本不在乎牠剛剛正撕咬著一隻地獄犬。

「我跟這種東西哪裡像？」托比亞斯一臉不爽地喃喃抱怨著。

吉吉在床上轉了幾圈後，坐下盯著桌上的日記看，兩顆眼珠似乎想往不同方向跑。被盯著的日記桃樂絲睜開眼，嫌惡之情盡顯眼底。

但吉吉不在乎，身為吉娃娃牠他媽的才不在乎任何事。牠一下子用後腳搔腦袋，一下子漫無目的地轉圈圈，四處嗅聞，擺好姿勢就要在托比亞斯的床上拉屎。

「啊！住手！要拉去庭院拉！」托比亞斯尖叫。

他拎起吉吉一路往樓下衝，像抱著橄欖球的四分衛，然而在到達庭院，把吉吉插進草地前，吉吉就沿途開始拉屎。

不小心一腳踩到狗屎的托比亞斯滑倒在地，四腳朝天狼狽地摔在庭院前。

托比亞斯頭暈目眩地橫躺在地上，外頭刺眼的陽光讓他好半天才能張開眼來。

吉吉低頭，用那兩個如乒乓球的眼珠子盯著他。在確認托比亞斯還活著之後，牠轉過身，用後腳掃了兩下地板，呼哈呼哈地棄托比亞斯而去。

狼狽的托比亞斯可憐兮兮地從地上爬起來，地獄的陽光卻依舊閃亮得讓他雙眼刺痛。

扶著腰的托比亞斯一臉錯愕地往落地窗外看去。

今天的地獄和平日的地獄不同，天空看起來竟一片湛藍，風光明媚，而彩虹正亮麗地橫越空中，街上也沒有任何靈魂痛苦的哀號聲或惡魔們嬉笑的聲音，寂靜得宛若天堂。

腳下還沾黏著一小坨屎的托比亞斯愣在原地，逐漸皺起眉頭。他活了三百多年從不曾看過地獄的天氣長這樣。

托比亞斯走到庭院外，盯著高高掛在天上的太陽。

地獄的天氣很爛，他剛剛還作了個惡夢（或者該說是春夢？他內褲裡甚至還支著帳篷），一切看起來都很不妙，彷彿有什麼大事即將要發生……

瞇眼看著天空上的太陽，托比亞斯腦海裡忽然又冒出了夢裡那個聲音。

——還沒，等著。

在炙熱日光燒烤下，托比亞斯渾身竟冒起了雞皮疙瘩。

真是個壞預兆。

◇
◆
◇

當年亞契在求職廣告上找到目前這份祕書工作時，他本以為自己只需要應付一些簡單的文書工作。

當初求職廣告上列出的基本條件也很簡單：細心、熱情、善於和團隊相處，必須有汽車駕照——和所有求職廣告所要求的資格一樣，沒什麼困難的，甚至不需要工作經驗，薪水又相當好……

所以獲得這份工作時，擁有優秀大學學歷、幾年工作經驗的亞契理所當然地認為自己能輕鬆勝任這份工作。

現在想想，當年的自己真是太天真了，沒搞清楚工作內容、沒搞清楚雇主是怎麼樣的人，就這麼輕易入了賊窟無法脫身……

如果當年他有留意那些古怪的額外應徵資格，比如——

不要是異性戀。

不要是基督徒。

吃東西時不會發出聲音。

不對生活抱持任何熱情。

像 Siri 一樣毫無感情最好。

——他就會意識到雇主本身有多古怪，也就不會輕易接下這份工作，面對各式各樣超乎想像的挑戰了……

「利蘭神父還沒到嗎？」

坐在辦公桌對面的女人喚回了亞契的注意力。

亞契抬頭，坐在他面前的女人頻頻抬頭看向時鐘，偶爾翻看手機，看起來異常焦慮，而這很有可能是因為離她原先預約的時間已經過了十幾分鐘，可是主角卻遲遲未到場。

「女士，再麻煩您稍等一下，他應該很快就會回來了。」亞契揚起職業性的微笑，對女人親切點頭。

他那一口天生的英國腔、金髮和臉上那副圓圓的小眼鏡還有溫和的臉孔很快就能撫平委託者的情緒，這也是當初他能獲得這份工作的原因之一。

「好的，不要緊。」女人說，但她依然用擦著指甲油的手指敲打著手背。

亞契看了眼手錶。

他的老闆，人人口中的利蘭神父，在早上剛到班的十分鐘後丟出了一句「我想出去抽根菸，待會兒就回來」後，就直到現在都沒有回來了。

老闆上班上到一半就失蹤，這是很常見的事。

他說他要出去抽根菸，然後就不見了。

有時候亞契下班前五秒還會遇到帶著一些稀奇古怪東西折回來的老闆，有時候不會，全憑運氣。

不過不要緊，通常當他們有生意上門時，老闆還是會在客戶預約時段的五十分鐘上下以內回到辦公室——如果他願意的話。

說時遲那時快，亞契的手機螢幕亮起，一個暱稱為美得要死的人來訊。

美得要死：錢多嗎？

對話很直截了當。

亞契對著女士微笑點頭，示意自己要處理一下公事，隨後就拿起手機回覆：是的，很多。

美得要死：是什麼事？

亞契：地下室，有那個。
美得要死：哪個。
亞契：您知道的，那個。
他只貼了個幽靈圖案，因為他迷信，認為太常提及那些東西會引起它們聚集。當初應徵這份工作時，也沒有人跟他提過他的工作必須常常提起「那個」、「魔鬼」、「天使」以及「討債」。
亞契被對方已讀後過了一會兒，才又亮起訊息。
美得要死：小孬孬。
美得要死：我在路上了。
亞契抬起頭來，對著看上去很多天沒睡好的女士點頭道：「抱歉讓您久等了，利蘭神父在路上了。」
女人微笑，看起來還是有些不自在。她左顧右盼，小心翼翼地詢問：「冒昧問一下……利蘭神父是真的神父嗎？」
「喔，不是。」亞契誠實回答。
要成為神父，首先你必須要是一位成熟、有禮的人。雖然這麼說有點失禮，不過在這點上，他老闆從一開始就是個不合格的人類。

「但所有人都叫他利蘭神父，聽說他也都穿著神父的制服。」女人說。

「您就當那是個暱稱就好，至於制服……」

門口傳來的聲響打斷了兩人的對話。

說人人到。

辦公室門外，穿著一身黑搭配標準羅馬領的神父制服，個子又高又修長，黑髮經過整齊梳理的男人走了進來。

他手裡拿著一根狗繩、一袋迷你胡蘿蔔和幾包 M&M's 巧克力。

奇怪的組合。

亞契對此有很多疑惑，不過最後他還是決定先以工作為主。

在老闆走過來前，亞契小聲提醒女人：「女士，如果待會兒我們老闆做出任何失禮舉動，我先向您說聲抱歉，請不要在意，他對任何人都是一樣的。」

「什麼？」

「不過也不用太擔心，他最近心情還不錯，可能不會太過分……」

「你是說……」

女人想問清楚，但亞契已經起身，禮貌地扣著他的西裝背心，並且將她介紹給走進來的男人。

「老闆，這位是想委託您的梅西女士。梅西女士，這位就是利蘭神父。」

女人起身準備握手，但姍姍來遲的男人卻只顧著放下東西，悠閒地在鏡子前整理儀容，隨後才願意正臉看向他們。

這位被稱作利蘭神父卻不是真正神父的男人，比女人一開始所想像的還要年輕很多……甚至俊美很多。

他身材又高又瘦，像哪裡混進來的模特兒一樣，色澤像苦艾酒的綠色眼睛彷彿映著桃花，眼角下還有顆討喜的淚痣，只是……

「所以……地下室裡有很多『那個』是嗎？」利蘭神父雙手環胸，靠坐在亞契辦公桌上的模樣像個優雅的不法之徒。他對著女人微笑，如夢似幻。

女人卻打了個顫。

這位利蘭神父的笑容讓她有種不寒而慄的感覺。

「我人到了，現在妳想跟我說說看是怎麼回事嗎？」利蘭神父輕聲細語，態度沒想像中差。

女人緊張地看向亞契。

亞契瞄了眼背對著他的利蘭神父，老闆的口袋裡冒出了一小角的紙張。最近他總是隨身攜帶著那張紙，不知道是不是某人抵押的房地產，那似乎讓他老闆那陰晴不定的心情連續晴朗了好幾天。

亞契看向女人，在後面悄悄對她比了個ＯＫ的手勢。

於是女人開始述說她這些天來的恐怖遭遇：「我和先生最近搬進了新房，那棟房子的歷史悠久，是我娘家的祖產，當年我外公……」

利蘭神父深吸口氣，打斷了女人的述說。他微笑，一排牙齒白得像月光，接著一手摀住胸口，一臉惋惜地說道：「抱歉，但我沒有耐心了。」

女人慌張地再度看向亞契，亞契只是無奈地睜著眼，雙手揹在身後不發一語。

利蘭神父則起身一把按住女人的肩膀，一邊將女人往門口送。

「總之就是地下室裡有東西沒錯嗎？妳的委託我接了，我相信我的祕書已經把匯款帳號給妳了，麻煩妳也盡快匯款，事情處理完我們會馬上通知妳，掰掰，慢走不送。」

利蘭神父把女人推出辦公室外，關門，一氣呵成。

「您應該讓她把話說完。」亞契對著一臉沒事般轉過身來的老闆說。

「為什麼？」利蘭神父點了根菸，一臉不解地問。「我又不是心理醫生。」

因為這是待客之道，還有因為是你要她說的？亞契心想，不過他當然沒說出口，只是微笑點頭，然後轉移話題：「對了，這些東西是？」

亞契和利蘭神父看向桌上的那堆東西——迷你胡蘿蔔、M&M'S和項圈。

利蘭神父吐著煙圈，半晌，他又露出了那種讓人毛骨悚然的微笑。

「我打算養隻狗，那些是他的食物。」

亞契張大眼。一個連仙人掌都能馬上養死的男人，適合養狗嗎？

「我記得狗狗不能吃巧克力。」亞契提醒。

「別擔心，不是那種狗。」利蘭神父聳肩。

那麼是哪種？亞契想問，但當他看見利蘭神父口袋內的紙張在日光下開始冒煙時，他又覺得不要問似乎比較好。

「走吧，速戰速決，我們現在就去清理地下室的『那個』。」利蘭神父熄滅手上的菸，將他口袋裡的紙張拿了出來，微笑道：「我順便想試試新東西。」

◇◆◇

托比亞斯的頭皮隱隱約約地發麻著，他也說不上來為什麼，今天一整天都是這樣的狀態。

親愛的桃樂絲，我總覺得有什麼不對勁，不覺得我今天的運氣好像特別背嗎？

踩到屎後沖了個澡的托比亞斯披著毛巾，光著臂膀坐在書桌前寫日記，吉吉正在他腳下嘎啦嘎拉地撕咬著他的牛仔褲管和腳後跟。

托比亞斯從抽屜裡拿出根人骨，丟到房門外讓牠啃，吉吉才終於肯放過他。

天氣超爛，我踩到了吉吉的屎，早上還作了一個超怪的夢。

日記上的桃樂絲轉動雙目，像是在問他是什麼樣的夢。

夢裡我成為了終極 APEX 暗墮地獄犬。

桃樂絲一眼道出：我懂、我懂，變成了這麼俗氣的東西是我也……

不！我的惡夢不是變成終極APEX暗墮地獄犬。

桃樂絲翻白眼，托比亞斯則搖搖頭繼續書寫。

我的惡夢是夢到有個傢伙拿到了我的契約書，呼喚我的名字……

——托比亞斯。

對！就像那樣……

忽然，坐在書桌前的托比亞斯虎軀一震。他抬頭往上看，原本垂著的耳朵動了幾下。

是錯覺嗎？他剛剛好像真的聽到有人在喊他的名字。

托比亞斯沉默了幾秒，戰戰兢兢地盯著天花板看，但上面沒有再傳來聲音。鬆了口氣，托比亞斯聳聳肩，安慰自己只是沒睡好產生錯覺而已。

除此之外，那個傢伙還叫我愚蠢的魔鬼。

他低頭繼續和桃樂絲抱怨個沒完。

愚蠢的魔鬼，妳相信嗎？身為一個愚蠢的人類，他居然敢叫我愚蠢的魔鬼！我，鼎鼎大名的地獄犬托比亞斯，上帝也畏懼的……別、別閉上眼睛，桃樂絲，我是認真的！

托比亞斯寫得臉紅脖子粗，桃樂絲則瞥了托比亞斯一眼。黑眼圈很重的她看起來像狂歡了一個晚上，雖然托比亞斯不知道一本日記是能去哪裡狂歡整晚。

妳認為這個夢代表什麼？我對自己不夠有自信？還是就像人類常說的，夢和現實是相反的？

桃樂絲眨眨眼，沒有嘴巴她也沒辦法說什麼，但她那安慰中又帶著鄙視的眼神應該是在說：你想太多了。

真的是想太多的話就好了。

桃樂絲翻了翻白眼，似乎不想再理會托比亞斯的抱怨，閉上了眼睛。

發現連桃樂絲都不再理他，托比亞斯唉聲嘆氣，闔上日記轉身就栽回床上去。

家裡靜悄悄的，只剩吉吉在啃骨頭的聲音，因為托比亞斯的其他家人要嘛外出工作，折磨靈魂去了，要嘛被召喚，上人間因應信徒們的慾望做壞事去了。

只有托比亞斯一人在家無所事事。

自從契約書被燒上人間後已經好幾天了，這些天來托比亞斯努力鍛鍊身體，在鏡子前面反覆訓練自己的儀態與吼叫聲，就等著被召喚上人間時能以最可怕的姿態出現。

不過日子一天一天過去，上頭一點動靜也沒有，出現的只有那個白爛的惡夢，還有時不時彷彿有人在叫他或猥褻他的錯覺。

托比亞斯百般無聊地盯著天花板看。

也許他的契約書還沒找到真正適合他的契約者，也許他的契約書被燒到人間時因為什麼意外所以被銷毀了……

托比亞斯衷心希望不是後面那個選項，他可沒有零用錢再買張這麼貴的契約紙。

托比亞斯嘆息，把臉埋在枕頭裡，又想起了昨晚的夢。夢裡那隻手撫過他後腦杓、後頸和腰臀的觸感還是很鮮明，弄得他雞皮疙瘩起不停。

托比亞斯吞了口口水，關於那個惡夢，他還有些祕密沒和桃樂絲說……那就是他其實、可能、大概，還有點想要繼續作這個惡夢。

托比亞斯翻身，悄悄地拉開自己的褲頭察看自己的小兄弟。他的皮膚上有疙瘩跳動著，腿間的東西也很不安分。

那該死的惡夢兼春夢啊……

身為一隻身心健康的地獄犬，現在很閒而且家裡沒人，一個惡春夢又弄得他心癢難耐……

托比亞斯深吸了口氣，他跳起來，把房間門關上，將吉吉隔離在門外，再小心翼翼地將桃樂絲收進抽屜裡。

坐回床上，托比亞斯舒展筋骨，戴上耳機，然後打開在地獄裡都是普遍級的色情網站。

準備就緒，托比亞斯拿了衛生紙和潤滑液，在耳機開始發出各式各樣的呻吟聲之後，他將手探進了褲間。

雖然眼睛盯著螢幕上假扮成撒旦的雄偉公惡魔看，托比亞斯腦海裡回想起的還是惡夢裡的那雙手，以及在他耳旁細語，喊著他名字的聲音……

熱汗流了托比亞斯滿身，他咬著下唇抬起頭來，天花板看起來一片模糊，房間裡不知為何有股淡淡的菸味。

托比亞斯沒去在意，他撫摸著自己，腦海裡依舊縈繞著夢裡的那個聲音——那個低沉又明朗，還捲著一種很冰冷的腔調，同時又滿滿不屑的……

「托比亞斯。」

對，就像這樣，毫無感情、優雅……

托比亞斯呻吟，忽然渾身一僵，不只是因為那股莫名真實的撫摸感，還因為這次他清楚地聽見從上頭傳來喊他名字的聲音。

那個夢裡該死的、低沉又有磁性的人類的聲音。

吉吉開始在門外瘋狂吠叫，而托比亞斯只是一臉呆滯地盯著天花板看。因為原先看上去一片模糊的天花板，此時竟然逐漸浮現出那個令他魂牽夢縈的五芒星符號。

五芒星符號上還有他的名字——托比亞斯。

那代表著，在人間，真的有個人拿到了他自我推銷出去的契約書，並且在人間召喚他……在他正在打手槍的時候。

下一秒，一堆他最喜歡的迷你胡蘿蔔和 M&M'S 巧克力像暴雨般灑了下來，直接砸在他臉上。

到底是哪個王八蛋……

托比亞斯心想的同時，那個聲音又喃喃道：「托比亞斯太複雜了，我們叫你托比就好了吧？上來，托比。」

那個膽大包天的王八蛋人類竟然對他吹了兩聲口哨。

托比亞斯很抓狂，他曾經幻想過好幾個被召喚的場景。

家庭聚餐的時候出現在餐廳上，老媽們在唸他沒把房間整理好的時候……

五芒星轟然出現，從召喚陣裡傳出人類尊敬、崇拜的呼喊聲，他的名字終於第一次在家裡響徹雲霄，而他的家人們會露出刮目相看的眼神。

所以他怎麼樣都沒想過，那個他朝思暮想的五芒星符號會在這種時候出現。

「啊啊啊啊啊！」

托比亞斯手裡還握著自己的小雞雞，身體已經逐漸浮了起來。他尖叫著急忙抽了幾張衛生紙擦手。

說什麼他都不願意以現在這種姿態在人間初次登場。要是不小心，打手槍的吉娃娃這個綽號會跟著他至少一千五百年。

無奈那五芒星的符號跟 Dyson 吸塵器一樣，托比亞斯不斷被吸上去，他不得不抓住自己的桌椅和床。

「為什麼磨磨蹭蹭呢？」

年輕男人的聲音又傳來，不耐煩地催促著。

「等一下！等一下啦！啊啊啊啊！」托比亞斯依然尖叫著，他撈著自己的外套和鞋，卻只穿好其中一隻腳，整個人就被吸上去了。

托比亞斯的房間裡一片靜悄悄，只剩下吉吉在外面抓門的聲音。

第三章

多可愛

第一次進入人間的場景和托比亞斯曾經所想的不同。

在他所想像的場景裡，他可能會在一座黑色的教堂中、燃燒著營火的森林裡，或四處濺血的房間內，在絢麗的業火中浴火而生。

但托比亞斯就只是被吸上去了而已，還被吸進一個充滿水的空間裡。

試圖華麗登場的托比亞斯火沒噴兩下，整個人就被冰冷的髒水給浸滿口鼻和整個身體。

他不知道自己被扔進了哪裡，但他就像在洗衣機裡攪動的衣服，只穿著一隻鞋、一件破牛仔褲和外套，在髒水裡胡亂掙扎。

好不容易，托比亞斯才踩到地板站了起來。他驚魂未定地大口吸著氣，渾身溼漉漉的，就像隻落水狗。

他抹了把臉，甩掉腦袋上的水，好半天才緩過神來。他被召喚到了一個古怪的地方，光線微弱，周遭一片黑暗，到處都擺放著雜物，還有一些散亂的紙箱漂浮過來。

看起來像是個淹水的地下室。

「搞什……」

托比亞斯不高興地癟著嘴，還沒搞清楚狀況，打火機的聲音便從上方傳來。他抬頭，看見火光在黑暗裡燃起，凝聚成小小的星火。

托比亞斯終於稍微看清楚了黑暗中的輪廓。

有座梯子立在水裡，頂頭坐著個人，不過太黑了，托比亞斯看不清楚對方的模樣。

托比亞斯只知道有個傢伙正翹著二郎腿坐在那裡，修長的手指夾著根菸，火光在他濃密的睫毛上閃。

「哼嗯……」那人還發出了品頭論足的聲音。

豈有此理、膽大包天、How dare you 立足於偉大的地獄犬之上而不下跪臣服！還有那聲「哼嗯……」是什麼意思？托比亞斯正想質問對方，底下冷冰冰的水卻忽然開始往上冒。

托比亞斯開始踩不到底，他在水裡掙扎著，而坐在梯子上方的人依然沒有說話。他吸了口菸，縮起腳來，似乎不想被水浸溼。

「啊……討厭，水！」托比亞斯在水中啪噠啪噠地拍著手腳，就像洗澡時的吉吉一樣。他是隻地獄犬，地獄犬討厭水，是種不會游泳的魔鬼。

雖然也不會死掉，但不表示托比亞斯喜歡溺水。

看著他狼狽的模樣，坐在梯子上的男人終於在這時開金口了：「在你後面，狗狗，在你後面。」

他夾著菸的手指往前指了指，順手彈掉菸灰。

嗆著水的托比亞斯向後望去，水裡有個烏漆抹黑的傢伙躲在角落，身形像個佝僂老人，有好幾隻手、好幾隻腳，臉像團燃燒中的黑色火焰，十幾雙發著亮光的眼睛在那團黑色火焰裡眨著，往不同方向來回盯著托比亞斯和梯子上的男人。

「你能替我處理掉它們嗎？」男人又說，他在微弱的光線裡像貓一樣伸出了腳。「我不想弄髒我新買的鞋，拜託。」

男人撒嬌的聲音一點感情也沒有，還沒有感情得很不像人類。當他在黑暗裡笑亮了一口白牙時，竟讓托比亞斯頸子上起了雞皮疙瘩，尤其是他還在對方揮舞的手裡看見了自己的契約書。

托比亞斯就說今天不太對勁。

◇
◆
◇

契約書對一個魔鬼來說極其重要。

一份好的契約書要注意的重點有幾項：名字、祭品、願望與代價。

聰明的魔鬼知道怎麼訂定契約來設計各種漏洞，欺騙和他訂約的契約者，笨的魔鬼則是……

怎麼說才不會失禮呢？

腦袋裝屎？

笨的魔鬼則是腦袋裝屎，簽的東西不叫契約而叫——賣身契。

利蘭吸了口菸，忍不住勾起嘴角，他坐在鐵梯子上仔細閱讀著手中的契約書，時不時拿筆在上面加註。

鐵梯子下是一片漆黑的髒水，水裡似乎還有東西隱隱浮現，像鯊魚般不斷在梯子旁游動。

地下室裡的燈光一明一滅，空氣冷冽，隱身在水裡的那團黑色的東西不停發出類似女人和嬰兒的哭嚎聲，四肢怪異地扭動著。

像魔鬼又不像魔鬼，它們是人類死後，不願意下地獄受折磨，又上不了天堂的靈魂。

在人間滯留的它們聚集、糾結，最後像團纏在一起的毛線永遠都分不開，永遠都在死亡和恐懼裡痛苦，並且變成更可怕的存在……惡靈。

它們嘻嘻嘻地笑著，浮出水面的黑色臉孔上有好幾隻眼睛死盯著椅子上的神父，發出了低沉又尖銳、嘶啞的詭異聲音：「加入……我們……你也……加入……」

不料，這舉動竟引來了對方的不滿。

「我、的、老、天、爺！」原本還很愜意的神父一下子翻臉，他一臉受不了地翻著白眼說：「你們是沒看到我在忙嗎？」

他很不客氣地瞪著水中的惡靈，還發脾氣用力丟了根胡蘿蔔到它們頭上。

咚的一聲，迷你胡蘿蔔打中了惡靈的腦袋。

「從剛剛開始就一直唸個沒完沒了，是有多愛唸，你們是我爸嗎？閉上你們的鳥嘴，不然我就把胡蘿蔔塞進你們屁眼裡！」

面對這個忽然情緒失控的神父，惡靈似乎一時不知道該怎麼辦，只能默默站在水裡被罵。

這個前來驅魔的神父看起來一點也不在意它們的存在，也不在乎它們有多可怕，從剛剛開始就這樣，無論它們做了多少努力。

幾分鐘前——

神父推開了它們盤踞的地下室大門，在這個受詛咒的地方，一臉無聊地點著菸，邊讀著手上那張紙邊走進來。

可能又是某個企圖淨化它們的神父，當時它們是這麼想的。

於是惡靈的ＳＯＰ開始，它們先讓燈光閃爍，迴盪哭聲，讓地上漫出惡臭骯髒的黑水。

恐懼是最好吞噬人類靈魂的情緒，神父要嚇嚇得屁滾尿流逃跑，要嘛受它們煽動加入它們。

簡單快速。

然而在黑水蔓延的當下，神父卻選擇找了個梯子，爬上去，坐著，然後忽視它們的存在，繼續抽他的菸，閱讀手中的紙。

不開玩笑，神父的模樣活像是等一下準備要組裝 IKEA 家具，所以他必須先好好研究那一千零八十個步驟。

而這中間，神父唯一對它們說過的話只有：「我皮鞋是新買的，敢弄髒試試。」惡靈們手足無措，只能加劇恐嚇的力度，卻沒想到反倒讓神父發飆了。

「加入是要加入什麼？你們這堆靈魂成天擠在這裡泡死老鼠水不嫌髒、不嫌擁擠嗎？」神父說話和翻白眼的方式把刻薄的女高中生演繹得栩栩如生。「生前就是魯蛇了死後還要繼續當魯蛇，你們到底有什麼毛病？」

你才到底有什麼毛病？惡靈們想回嘴，但它們沒有一個敢說出口。

「要知道，我已經很寬容了，我從一進來就在忍你們，忍了不知道有多久……」

終於，一個惡靈發出了小小的抗議：「二十秒。」

「你們說什麼？」

神父從剛剛進門到現在才過了二十秒而已，惡靈們很確定，但沒人敢解釋。

現場一陣沉默，直到一根胡蘿蔔又被丟到它們的腦袋上。

駭人的惡靈們抬頭，卻沒想到逆著光，雙眼在暗處泛著連它們也忍不住顫慄的光澤的神父更駭人。

「我在做心靈演講的時候不准頂嘴。」
地面竟微微震動了起來。
一個老人的惡靈哭了起來，因為神父真的很粗魯。
太丟臉了。它們盤踞在地下室幾百年了，這是第一次被人用胡蘿蔔丟，還被訓了一頓。
其他惡靈紛紛伸出手，輕輕拍打著自己黑色的軀體，加油打氣。
「別聽他的。」
「那只是個神父而已。」
「他在虛張聲勢。」
惡靈們七嘴八舌、竊竊私語，在一陣團體打氣後，它們重振旗鼓，擺出惡毒害人的嘴臉面對梯子上的神父。
「可憐的神父，你是不是被逼急了？」
「你其實很害怕吧？你現在根本不知道要怎麼做，是不是？」
「不要硬撐了，加入我們吧。」
惡靈們咧嘴笑著，發出古怪的咯咯笑聲。隨著它們逼近，地上瀰漫的黑水又逐漸往上升高。

利蘭坐在梯子上，望著不斷往上瀰漫的黑水又吸了口菸，眼神冷得連惡靈都感到寒意刺骨。

惡靈們不得不滅了室內所有的燈光，一片黑暗才能讓它們避開神父駭人的視線，然而神父那雙眼睛在黑暗裡仍像危險的野生動物一樣，閃著詭異的綠光。

寧靜的室內。他們聽見神父往上攀爬的聲音，神父安靜得出奇，這反而給惡靈們帶來一種從未體會過的毛骨悚然。

黑暗裡除了神父的那雙眼睛，還有香菸的星火。

「你們今天非常幸運，正好我想試試新的玩具，不然，有看到旁邊的高爾夫球桿嗎？」利蘭低聲說道，他也發出了笑聲，低沉又震耳。「我本來打算拿那個爆打你們一頓。」

神父想拿高爾夫球桿打它們。惡靈們沉在水裡，咕嘟吞著口水。這是個正常人類應該有的常識與態度嗎？還有新玩具又是什麼？

鐵梯上的神父攤開他手上的紙，黑暗對他似乎一點影響也沒有。

惡靈們聽著神父輕聲呢喃著什麼，那不像人類的聲音，更像魔鬼的低語。原本一片黑暗的地下室地板上燃起了橘紅色的光芒，魔鬼的召喚陣在水裡發光，不真實得像夜裡的篝火。

那是什麼？

神父要叫魔鬼來對付它們嗎？

「托比亞斯。」

伴隨著神父的呼喚聲，惡靈們發出了驚慌的尖叫聲。

利蘭將剛才拿來丟它們的小胡蘿蔔和好幾袋 M&M's 巧克力都往水裡丟，剩下的垃圾還甩到它們頭上。

「托比亞斯太複雜了，我們叫你托比就好了吧？上來，托比。」利蘭喊著。

只是好幾秒過去了，魔鬼都沒有出來。

原本尖叫著在水裡亂竄的惡靈們因此膽大了起來，在一陣靜默後，它們發出了不懷好意的笑聲。

果然是虛張聲勢。

不過它們的笑聲在神父的一聲咋舌後停止。

「為什麼磨磨蹭蹭呢？」利蘭不耐煩了，他的腳在鐵梯上輕輕踩踏著，喃喃碎唸道：「看來我今天要教訓的可能不只你們而已……」

「等一下……」

終於，召喚陣那頭傳來了魔鬼焦急的聲音。

利蘭深吸了口氣，他手中的菸也終於抽完。

「上來！現在！」耐心用罄的他一聲低吼，響亮而震耳，連地下室的髒水都開始泛起陣陣漣漪，水珠不安地在水面上輕輕跳動。

召喚陣上的髒水開始轉動，形成一個漩渦，並開始冒起滾燙的泡泡來，有東西就這麼從裡面被吐了出來。

魔鬼托比亞斯在人間降臨，沒有怒吼，沒有狂笑，他只是在漩渦裡，像洗衣機裡的襪子一樣攪動著。

利蘭看著被召喚陣吐出來的魔鬼在水裡胡亂撲騰，好半天才從水裡露出臉來，大口大口喘著氣。

被召喚陣吐出來的魔鬼有頭捲捲的紅髮，沒有魔鬼該有的巨大尖角，只有對耷拉的狗耳朵。

「哼嗯……」

坐在鐵梯上的利蘭悠閒地晃著腳板，用打火機點燃了一根新的香菸。他上下打量著正在水中啪噠啪噠地拍著手腳的魔鬼。

事情跟他想的有點不一樣。地獄犬跟契約書上自我介紹的終極……SUPER 還是 APEX 暗墮地獄犬什麼的形象似乎差距甚遠。

利蘭原本以為會跑出一個大塊頭肌肉男或滿臉橫肉長著獠牙的魔鬼，但被召喚陣吐出來的這隻地獄犬有點小隻……

但沒關係，利蘭又吸了口菸，他也不排斥小隻的魔鬼，小隻魔鬼攜帶著反而方便。

托比亞斯在水裡掙扎，狼狽得像寵物美容店裡正浸泡在水裡的吉娃娃。

看著魔鬼這副模樣，利蘭用拇指撓了撓眉心，好心開口提醒：「在你後面，狗狗，在你後面。」

托比亞斯只顧著張大嘴巴吸氣，好半天才注意到他身後的那些惡靈們。

這個號稱終極 SUPER 還是 APEX 什麼的暗墮地獄犬做事效率有點低，模樣也蠢到讓人拳頭發癢。利蘭本該開始惱火的，不過諒在對方的愚蠢狗爬式泳姿某種程度上算是娛樂到他了……好吧，他就再給「托比」一點時間。

「你能替我處理掉它們嗎？我不想弄髒我新買的鞋，拜託。」利蘭伸出他的腳，姿態優雅地展示著他的新雕花牛皮鞋。

他順手揮了揮手上的契約書，提醒托比亞斯：魔鬼應該做好魔鬼該做的事。

◇◆◇

托比亞斯的老哥們說過，人類召喚惡魔通常不外乎為了幾件事：金錢、權力、性慾。

所以托比亞斯被召喚上來時，他以為人類可能是要借用他的能力成為某國元首、得到暴利，或者希望他能幫助他獲取女人或男人的歡心……

但現在是怎樣？人類要他幫忙扁這些縮在角落的傢伙嗎？

為什麼？

扁惡靈是魔鬼該做的事嗎？他以為把惡靈帶上人間才是魔鬼該做的事。

一頭霧水的托比亞斯努力冒出水面，他張大了嘴想和他的人類奴隸說話，可是地下室的黑水卻不斷把他往下捲。

黑漆抹烏的惡靈們就縮在水底下，張著好幾雙亮晶晶的眼睛看著他。

「你是什麼東西？」惡靈們問。

「喔嗯……」托比亞斯想說他是偉大的終極 APEX 暗墮地獄犬，但他張嘴也只是讓水不斷灌進嘴裡而已。

惡靈們看著在水裡掙扎的托比亞斯。神父果然是虛張聲勢而已。它們再度放下提著的一顆心，輕鬆地發出笑聲：「回去你原本的地方，朋友，不管你是哪來假冒魔鬼的小朋友。」

小朋友這話似乎激怒了托比亞斯，他指著它們，說了些什麼，惡靈們都沒聽清楚。只是在下一秒，它們口中的「小朋友」雙眼和嘴裡開始冒出綠色的火光，惡靈們的髒水澆不熄火焰，反而冒出了滾燙的泡泡，不斷蒸騰著。

喔，所以神父叫出來的是真的魔鬼。

剛意識到這點的惡靈們要退開時已經來不及了，地獄犬托比亞斯帶來的火焰除了在萬聖節假期能替爸媽在廚房裡負責烤人肉的工作外，勉勉強強也是能煮沸一鍋水的。

原本滿是冰冷髒水的地下室一下子變成了蒸氣鍋爐，水被地獄的業火燒乾，惡靈們則在火焰中尖叫著被燒了個精光，只剩幾個苟延殘喘的靈魂倒在角落。

終於得以呼吸的托比亞斯躺在地上大口喘氣，好半天他才能翻過身來，捶著地板面紅耳赤地說：「我才不是小朋友！我今年已經三百零五歲了！雖然我還在跟父母住，但有朝一日我會……」

托比亞斯氣噗噗地揮舞著雙手要解釋，可惜惡靈們已經無法回應，剩餘的它們在地面爬行，從人間灰飛煙滅之前只能順著召喚陣爬進地獄裡。

「耶穌基督！」發現沒有人在聽他講話的托比亞斯漲紅了臉，不開心地從地上爬起，將剩餘的水從身上甩乾，一邊不斷碎碎唸著：「每次都沒有人要好好聽我說話，我就不是小朋友，我已經是個獨當一面的地獄犬了……」

他撥撥頭髮，地下室的燈也終於在這時重新亮起，只是唯一恢復的那盞燈正好打在托比亞斯頭上。

托比亞斯抬頭看著燈光，不知道是不是剛才用力過猛，他一時間竟然有點暈眩。

而這時，那個從剛剛開始就不斷呼喚他，命令他的聲音自他的後方響起：「喔……你遠比我想像中的小隻。」

那個一直待在鐵梯上看好戲的人終於從鐵梯上下來，他的聲音裡帶著戲謔。

「多可愛。」

小隻？可愛？托比亞斯腦袋裡的神經突突跳著。

「轉過身來讓我看看，托比。」人類命令道。

托比亞斯只覺得怒意讓他的血液都衝往腦袋……也還好是往腦袋衝，他的下半身已經不再勃起了，感謝撒旦！讚美撒旦！

「別叫我托比！人類。」托比亞斯發出駭人的呼嚕聲，他皺起眉頭，凶惡地轉過身來，按照他在地獄裡不斷排練的那樣，用雄壯威武的聲音說道：「人類！我是托比亞斯，來自地獄的終極A配可ㄙ……」

托比亞斯的聲音在對方踏進燈光下的同時分岔了，聽起來尖銳又可笑。

「嗨，托比，我是利蘭，你契約書的新主人。」

身穿黑衣和羅馬領的俊美青年站在燈光之下，他微笑時的角度可能是托比亞斯這輩子見過最黃金最完美的比例了。但不知怎麼，雞皮疙瘩卻在瞬間爬上了托比亞斯的頸子。

他仰視著自稱是主人的利蘭，腦袋裡的資訊量一時有些過大。

這……這傢伙是個神父嗎？

還有為什麼……為什麼他正在「仰視」人類呢？

托比亞斯慌張地低頭看向自己的雙手、身體和雙腳。有什麼事情不對勁，而且是真的非常不對勁。

他沒記錯的話，自己雖然是地獄犬家族裡最嬌小的成員，但上次他見到自己時，至少還是個身高兩百公分的猛狗狗。

可是現在究竟、為何、怎麼會，他踮起腳尖居然都沒有眼前的人類高。

托比亞斯倒退了幾步，左右張望，一面破裂的鏡子擺在牆邊，恰好映照出了他此刻的模樣。

鏡中的他看起來像隻迷你版的地獄幼犬。

托比亞斯追著自己的尾巴轉了一圈，看著自己的身體不可置信地大叫：「這不是我的身體！」

「不，這是你的身體沒錯。」那個名叫利蘭的神父卻這麼說。他歪著腦袋，一臉看好戲的模樣。

「這不可能啊……你有多高，人類？」

神父聳了聳肩，低頭看著托比亞斯，給予了答案：「一百八十七公分，所以目測你大概才一百七十公分左右，確實很迷你。」

「胡說八道，我至少有兩百公分！」托比亞斯急得臉紅脖子粗。他在地獄裡已經夠迷你了，怎麼上來人間還變得更迷你了？

這跟他當初所想像的，受萬人景仰的凶猛地獄犬模樣完全不同。

「你對我做了什麼！」氣急敗壞的托比亞斯對他的人類咆哮。

神父卻一臉悠閒地將雙手揹在身後，好半天才拿出托比亞斯的契約書，並且攤開來給對方看。

「我只是多加了幾項限制，以防你跑出來太大隻的話會很麻煩。我限制了你的體型，只是沒想到你跑出來後會這麼小隻。」

他的視線細細爬過托比亞斯頭頂和腳趾，然後露出讓人毛骨悚然的燦爛笑容。

托比亞斯看見自己的契約書上方被人用簽字筆加註了原本沒有的內容，而且只寫了：Size = XS。

幹，XS，這對地獄犬來說也太羞辱了吧！

托比亞斯的臉從呆滯到震驚，從震驚再到惶恐。

「魔鬼契約書是能這樣讓你隨便亂限制的嗎？」

「是的，按照你契約書上的內容，你並沒有對訂契約者做出相關的限制，所以這是可行的。」利蘭點頭。

「但是、怎麼……為什麼？」托比亞斯慌了。

老爸老媽和家裡的其他兩個白痴從沒警告過他會發生這樣的事。

神父用那種一看就知道是裝出來的同情眼神凝望著他說：「托比，你的契約書是我有生以來看過最爛的魔鬼契約書了，下次不要隨便亂寫這種重要的東西了好嗎？」

「不要叫我托比！我的名字是托比亞斯。」托比亞斯指著利蘭，再次怒吼：「還有我明明都確認過了，那是份完美的契約書！」

「哪裡完美，你倒是說說看。」神父質問。

「呃，那個……」托比亞斯縮了一下，又再度挺出胸膛說：「我都有按照撒旦所說的去執行，他本人說過，一份好的魔鬼契約書，最重要的是……」

「名字、祭品、願望與代價？」

「你怎麼知道？」

挑著眉頭一臉不屑的神父沒回答，而是指著契約書裡那個字體最大、像小朋友字跡一樣有點歪斜的托比亞斯的簽名。

「名字，對於魔鬼來說是最重要的一件事。」

「對！所以我把名字放在最顯眼的地方，彰顯我托比亞斯的偉大。」

神父瞇起眼來，這次他眼裡的同情沒有假裝了。

「不，你不該放在最前面，而是應該藏起來，你的撒旦沒告訴你嗎？」

托比亞斯愣了一下，他面紅耳赤，緊張地冒汗。撒旦的 Dead Talk 他聽了無數次，好吧，也許其中幾次他被偉大的撒旦健美的體魄和俊美的容貌給分心了，但他還是有好好聆聽。

不過，神父說對了一個重點，撒旦雖然說過名字很重要，卻沒說到底是如何個重要法。

魔鬼們的契約書對魔鬼來說是件隱私的事，他們通常不輕易分享契約書的內容怎麼制定、如何制定。

撒旦願意透漏自己的契約書大綱，已經比那個裝模作樣的上帝還要仁慈百倍了。托比亞斯從沒想過，自己可能完全曲解了撒旦大綱的真諦。

一個名字，各自解讀。

「為……為什麼要藏起來？名字很重要，所以放在最顯眼的地方不是理所當然嗎？」托比亞斯幾乎要尖叫起來。

「對，確實很重要，你的名字是你的主控權，所以千萬別輕易交出去。」神父歪了歪腦袋。「你有看過狗狗把牠重要的骨頭隨便交給陌生人嗎？通常是拿去埋起來吧？」

好……好像不是沒有道理。托比亞斯摀著發熱的額頭，不敢相信地原地轉圈圈。他感到難以呼吸、渾身發癢。

但神父的說教還沒有結束。

「再來，召喚出你的祭品……」利蘭的手指往下移，指著祭品的欄位，他瞇著眼說：「迷你胡蘿蔔和 M&M's 巧克力？你在想什麼？」

「祭品不是應該是自己喜歡的東西嗎？」

「對，魔鬼通常喜歡鮮血、幼兒和處男處女，這樣才能顯現召喚魔鬼的難度。」

「但我又不喜歡血！」托比亞斯只喜歡迷你胡蘿蔔和巧克力，這種東西在地獄裡很稀有，誰知道在人間隨手可得啊！

「更別提你的願望和代價了，看看你在這裡寫了什麼……我會達成你的任何願望，而你將付出的代價是我想要的任何東西。」利蘭揩起托比亞斯的契約書，皺眉道：「任何願望？要是我的願望是要你達成我的一百個願望，而我的第一個願望又是要你達成我的另外一百個願望呢？現在你要達成我的幾個願望？」

托比亞斯伸出手指在那裡認真地數，直到神父不耐煩地嘖了一聲。

「還有你想要的任何東西指的是什麼？你想要什麼？嗯？就不能一次說清楚嗎？語意模糊、不清不楚，那表示你是隻優柔寡斷，連自己要什麼都不知道的魔鬼。」神父劈哩啪啦地說著。

托比亞斯耷拉著腦袋，嘴唇開始顫抖。為什麼他要站在這裡聽人類訓話啊？連他爸媽都沒有訓過他，怎麼一個人類膽敢站在這裡訓斥他？

水氣在托比亞斯的眼眶裡打轉，站在他面前那個身上散發著淡淡菸味和古龍水香味的人類卻咧起嘴角，語氣諷刺地問：「哦，你要哭了嗎，狗狗？」

「我……我才沒有！」托比亞斯急著解釋。

他才沒有想哭，他不過就是出師不利而已。好吧、好吧，遇到一個囂張的人類奴隸又怎樣？被限制了體型大小又怎樣？契約書被抓到很多把柄又怎樣？他可是地獄來的頂級獵食者地獄犬，他可以解決這些麻煩的。

「我很清楚我自己要什麼！」托比亞斯說。

「這樣喔，你說說看你要什麼啊？畢竟你剛剛幫我清理了一些髒東西，我可以給你一點零嘴獎勵你……」神父彎腰，把臉湊了上來，對著托比亞斯微笑，一手還很不客氣地放到了他堂堂地獄犬的腦袋上搓揉。「托比。」

被揉著腦袋的托比亞斯，腳底板不自覺地在地上拍了兩下。

「哈，原來你的惡魔角在這裡嗎？」利蘭放輕了聲音，指腹往托比亞斯藏在頭髮裡的尖角上磨蹭。

「啊！」托比亞斯發出了奇怪的叫聲。

利蘭笑眯了眼，白森森的牙和那對綠色的眼珠看得托比亞斯不寒而慄。

「住手！你這愚蠢的人類！」托比亞斯試著拍開神父的手，卻被對方輕易躲開來。

「你想要什麼呢？」利蘭雙手放在身後，依然用居高臨下的眼神注視著他，並且堅持叫他：「托比。」

氣壞了的托比亞斯火在頭上冒，他試著挺起胸膛、壓低聲音，營造雄偉的形象。他指著站在面前的神父說：「我要吃掉你的靈魂，人類！」

這條件通常能嚇到人類。

「好啊。」神父卻很大方地說。他拉開他的羅馬領，露出喉結和頸子。「來，我讓你咬一口。」

托比亞斯看著眼前對他袒露頸子的男人。神父的頸子乾淨白皙、線條流暢，紫色的血管若隱若現地在底下跳動著。

面對如此配合的利蘭，托比亞斯身上卻炸出了汗毛，就像是他體內僅存的野性本能全都跑出來，不停地叫囂著：逃！快逃啊！你這聽不懂人話的小王八蛋！

托比亞斯吞了口口水。

「你在等什麼？」利蘭問。

「我沒有在等……」托比亞斯否認。

他沒有在等，他只是在遲疑、猶豫、躊躇不前……操！這個人類為什麼看起來這麼恐怖？

熱汗從托比亞斯的後腦門冒了出來，他的視線在自己光著的一隻腳上和神父的頸項上游移著，一切看起來都像是個明顯到不行的陷阱。

「我只是、只是……我怎麼知道這是不是陷阱？」托比亞斯忍不住該該叫。

利蘭咧起了嘴，一排白牙看得托比亞斯心慌。

「喔，拜託……」利蘭翻了一圈白眼，他斜睨著托比亞斯。「堂堂地獄犬會擔心這些嗎？」

托比亞斯極力忍住想要轉身逃跑的衝動。

對，他是隻來自地獄犬家族的偉大地獄犬，他不能在這個信奉上帝的神職人員面前逃走，那多丟臉？他很清楚，要是被地獄的魔鬼們知道他逃跑的話，這一輩子的名聲都會毀於一旦。

在兩個兄弟的幫助下，托比亞斯已經有了很多不堪的綽號，他不需要再多一個。

「還是你根本沒吃過人類的靈魂？不知道要怎麼吃？」利蘭挑眉。

可惡，還真的沒有。托比亞斯不敢說，他甚至不知道人類靈魂這東西好不好吃，他只是純粹認為地獄裡的每個魔鬼都愛靈魂，那他應該也要喜歡靈魂吧？

他是隻惡劣的大壞魔鬼，不是嗎？

「我……我吃過！」

「說謊。」

托比亞斯逞強，神父卻將頭一甩，直接戳破托比亞斯的謊言。他盯著托比亞斯，臉上卻不見原本的笑容。

托比亞斯不知道眼前神父是微笑時比較令魔鬼畏懼，還是不笑時比較令魔鬼畏懼，不過兩種都讓他的胃一陣絞痛。

「我沒……」

神父將雙手揹在身後，僅僅是挑起了一邊的眉尾，就讓托比亞斯閉上了嘴，自己在嘴裡不停咕噥。

「那麼就來扯出我的靈魂，咬上一口。」神父依然在原地站得直挺挺，只是偶爾歪著腦袋，像是在觀察實驗室裡的小白鼠。「除非你還是隻正在換乳牙的可憐小狗狗。你是嗎，托比？」

再次換上那種假哭哭臉的神父惹惱了托比亞斯。

「我不是……別叫我托比！」地獄的業火在托比亞斯頭上冒，燒亮了陰暗的地下室，但眼前的男人似乎根本不在意往他臉上撲的熱風。

托比亞斯終於往前踏了一步，露出他凶猛的地獄犬本性。他伸手掐住神父的頸子，忽視那可能會嚇死地獄犬寶寶的冰冷溫度，試圖將對方的靈魂擠出來。

利蘭卻低聲說道：「靈魂又不是牙膏，扯出來，不要用擠的。」

他沒有一個人類該有的模樣。

托比亞斯手忙腳亂，尤其是當神父發出了不耐煩的「嘖」聲時。

「你真的是隻小狗耶……」

「閉嘴！」

「不，只有我能叫你閉嘴。」利蘭忽然伸出食指，語氣堅定。

托比亞斯也不知道自己是怎麼了，他閉上嘴，盯著人類的那根食指看。

「乖孩子。」利蘭對著托比亞斯微笑，又是那種沒有真心在笑的微笑。他忽然伸手抓住托比亞斯的一隻手，往自己胸口上擺：「你真該慶幸我喜歡小動物。」

托比亞斯看著自己放在神父胸口上的手，有什麼東西被神父從胸口裡拉了出來。

靈魂這東西很奇妙，托比亞斯在地獄裡看過幾次，它們通常長得像顆棉花糖氣球，蓬鬆鬆輕飄飄的沒什麼重量。有些魔鬼會吃掉靈魂，有些魔鬼會拿靈魂去做成其他東西……依據它們的品質好壞而定。

再爛的靈魂，通常看起來也像坨可愛的棉花糖。

所以當托比亞斯看見手中冒著黑煙的黑色泥濘時，他不知道該做何反應。這團靈魂不僅不可愛、不蓬鬆，還猙獰得有點嚇人。

到底為什麼一個人類的靈魂會長得這般野蠻邪惡？

托比亞斯滿臉鐵青，看著手上沉甸甸的靈魂，原本還有點餓的他忽然沒了胃口。

倏地，神父的手一把搭在他的肩膀上，托比亞斯的肩膀有股被掐住的感覺，對方還用拇指輕蹭他的頸窩。

「這是我的靈魂喔，托比，喜歡嗎？」神父的臉藏在他漆黑的靈魂之後，托比亞斯只能隱約看見他那浮誇而不自然的笑容。

不，不喜歡，他不想吃了，他現在只想回家找爸媽哭哭，可是回家就一切前功盡棄了……而且這傢伙會放他回家嗎？

托比亞斯捧著手上沉重的靈魂，吃也不是，不吃也不是。但頭都洗下去了，現在還能反悔嗎？

托比亞斯鼓起勇氣，伸出舌頭碰了碰那團東西，他咬了一口，然後他後悔了……他應該回家的，不，他應該從一開始就打消要上人間成為什麼APEX闇墮地獄犬的念頭，窩在家裡當他的打手槍吉娃娃就好了。

那真是托比亞斯打出生後吃過最難吃的東西了，那東西又苦又辣，刺得他舌頭和口腔發麻，淚水流了滿臉。

老爸老媽和他的兩個兄弟總說人類的靈魂是甜美的，但托比亞斯覺得自己被騙了，就像老爸老媽總跟他說處男心臟有多好吃一樣，一切都是謊言。

托比亞斯吐了，他把剛剛咬下的那一口靈魂全部吐了出來，還有他的早餐、午餐、下午茶。

「嘖，你這隻小笨狗……這樣非常失禮耶。」神父輕聲責備，一邊收回了腳，讓他的新皮鞋免於災難。

托比亞斯無暇顧及這些，在他把胃裡的東西都吐個精光之後，他開始覺得頭暈目眩，那種無法呼吸的感覺又回來了。

「那是什麼？你、你給我吃了什麼？」他擦著流個不停的眼淚鼻涕，只覺得雙腿發軟，地面像海浪一樣浮動著。他不知道神父的靈魂是怎麼回事，但他現在整個人就像吃了用長期嗑迷幻藥的毒蟲做出來的人類肉乾一樣難受，雖然他的兄弟們很愛。

他一定是中了什麼詭計，神父給他吃的東西會不會是混進了聖餐和聖水之類的鬼東西？托比亞斯的腦海裡閃過很多種想法。

被召喚至人間作惡，卻遇惡神父勒索，魔鬼末日到來。

當初老媽們為了勸他不要亂搞所唸的這句報紙頭條諷刺地出現在了他的腦海裡。

「可惜，看來你承受不了我的靈魂。」神父的語氣聽起來理所當然，一點也不為他可惜，自顧自地繼續說著：「這樣的話，我們之後該讓你吃什麼，才能把你養得白白胖胖？」

「我、我不想要吃東西了，我只想要回家。」托比亞斯視線模糊地尋找著他被抓上來時的召喚陣，踉踉蹌蹌地想要沿原路回去，卻發現地面一片空白。

托比亞斯慌張地摸著地面，就差沒開始刨洞了，最後卻什麼也沒找到。通往地獄的公路消失不見了。

托比亞斯心裡一涼，身體跟著發軟，最後幾乎整個人都貼到地板上去了。他當初應該聽媽媽們的話，好好待在家裡。偶爾得幫忙洗衣服曬衣服又怎樣，比起現在的狀況好太多了吧……

然而世界上是沒有後悔藥的，對魔鬼來說也是如此。

「不，你必須接受我的代價。」

托比亞斯渾身一震，他轉過身，逆著光的神父不知何時又站到了他的面前。

「聽著、聽著，我可以不要了沒關係……你的靈魂你收著吧，我、我有急事我需要回去一趟，吉吉還沒散步……」托比亞斯已經開始胡言亂語了。

「不，托比，遊戲不是這樣玩的。」利蘭說，一邊從懷裡摸索著什麼。「你簽了約，就要按照契約來玩，更何況規矩是你自己訂的。」

托比亞斯以為對方要拿香菸出來，但神父拿出的卻是一條項圈，項圈上還有他的名字——托比。

這是預謀。

「不是說想回家嗎？」利蘭將項圈套到托比亞斯的頸子上，動作俐落得讓托比亞斯來不及反應。

神父起身，隨手拉了塊布丟在他身上，把他包起來，直接扛起。

「我們回家，狗狗。」

◊ ♦ ◊

下午四點一到，坐在駕駛座上的亞契往領子裡塞上餐巾，在大腿鋪上餐墊，並且拿出他的下午茶餐點開始享用。

他一邊咬著精緻的小三明治，一邊盯著眼前陰森森的大別墅看，那是平常打死他也不會接近的地方。

在接下這份祕書工作的時候，他原本以為自己的工作內容只是純粹的文書作業、應付客戶、處理財務之類的……所以他從沒想過自己居然得整天往鬧鬼的房子跑，跟著老闆處理「那些」東西。

作為一名沒有信仰卻又怕鬼，有點迷信，平常的苦惱只有中午該吃什麼、英國脫歐之後股票會被套牢該怎麼辦的普通英國人來說，亞契當初實在覺得有些棘手。

好在工作了一陣子之後，他發現這個老闆除了老愛鬧他、說話刻薄、做事隨興、個性喜怒無常之外，也沒真的逼他一起去驅魔過。所以大部分時間他只需要當個盡職司機，偶爾稱讚老闆今天很美就好。

這份工作某方面來說其實還挺輕鬆的，只要你摸清楚老闆這個人的喜惡的話……亞契用他的下午茶組喝了口熱茶，難得好奇地從車窗探出頭去察看。

陰森森的宅邸周遭依舊一片安靜，這裡樹上的烏鴉連叫都不會……又或者牠們是感應到了什麼可怕的東西才不敢叫。

老闆進去裡頭後已經過好一陣子了，這中間除了幾陣奇怪的尖叫聲和哭聲之外，就再也沒出現過其他動靜了。

看來老闆今天心情不錯，不然以往應該要出現更淒厲的哀號聲和求饒聲。

亞契又咬下一口三明治，把頭縮回車內，烏鴉卻在這時尖叫了起來。牠們拍著翅膀一哄而散，像是在逃離什麼可怕的東西。

亞契抿著嘴一臉不以為然的模樣，收拾起他的下午茶餐點，他大概知道是什麼可怕的東西來了。

不一會兒，大門被踢開，那個戴著羅馬領，身穿一襲黑西裝的高瘦男人走了出來，他身上還扛著一大袋東西。

亞契不得不說，偶爾在他老闆出現時，他也會想跟那些烏鴉一樣發動汽車然後逃跑，但那當然都只是想想而已，畢竟他還要領老闆給的薪水繳房租水電。

利蘭站在門口點著打火機，燃上一根菸後抽了幾口，才扛著肩上那袋東西走來。一來也沒說什麼，打開車門就把那袋東西丟上後座。

車子整個沉了一下。

他應該要質問那是什麼東西，但亞契只是先揚起了職業性的笑容詢問：「一切都順利嗎？」

「嗯。」老闆點了點頭，隨後便鑽進後座。

「那麼您要跟我解釋那袋東西是什麼嗎？」亞契又問。

老闆抽了口菸，看著身旁那袋明顯是個人型的東西伸手拍了拍道：「寵物。」

那東西發出了嗯嗯嗯的悶叫聲。

「您想要再解釋得更清楚一點嗎？」亞契循循善誘。

但他的老闆很快又擺出那副他最擅長的 Mean girl 嘴臉，揮舞著他修長的食指說：「現在不想，你快開車，那地方髒死了，我需要回家沖個澡。」

看來心情還沒有好到想要主動解釋剛剛發生了什麼事。

亞契無奈地發動引擎，但在從後照鏡看到那袋東西蠕動了兩下後，他還是鼓起勇氣再次詢問：「是會讓我惹上麻煩的東西嗎？」

「哪方面的麻煩？」利蘭挑眉。

「呃……法律上的問題？像是會不會忽然有警察找上門？家屬氣憤地打電話來問某某人失蹤的事是不是你幹的？或是莫名其妙的人忽然哭著跑來辦公室裡下跪請你放他一馬？」

這些事都不是沒發生過。

亞契的工作內容雖然輕鬆，但還是會有棘手的地方，比如說老闆經常會做一些莫名其妙的事，惹上奇怪的麻煩……或是「製造」什麼麻煩。

雖然這些事最後也都會莫名其妙地被「解決」。

利蘭眉頭微蹙，像是在回憶亞契所說的那些事，幾秒後他笑了出來，好像那些事多好笑一樣。

「如果是指這些事，那都不是你需要擔心的問題。」利蘭吸了口菸，在旁邊的那袋東西又發出類似小狗該該叫的聲音時一把抓住了他的腦袋。「真有東西找上門的話，我會處理。」

利蘭笑瞇了眼，看得亞契手上的雞皮疙瘩狂冒。他的老闆長得很俊美，連男人走過去都會跟著女朋友一起回頭的那種美，就像他手機上的綽號一樣，真的是美得要死。

但他同時可能也是世界上最不適合微笑的人類了。

那袋東西安靜了。

亞契也跟著安靜。

這老闆滿愛說幹話的，但唯獨他說會把事情「處理」好的時候，講的都是實話。

亞契默默打開車窗，讓滿車菸味飄出去。他說：「請繫好安全帶。」接著默默踩起油門，準備送老闆和那袋東西回家。

他今天班上得夠多了，該下班了。

◇◆◇

托比亞斯被綁架了。

他被包在布袋裡，嘴裡塞著口枷，頸子上還戴著項圈，雙手和身體還被用皮革綁了起來，讓他動彈不得。

不是說他不喜歡被這樣對待，以魔鬼的習性來說甚至可能還有點喜歡這種窒息的綁法，只是這一切跟他的原定計畫偏差得太遠了。

托比亞斯以為自己上了人間後才應該是那個拿著皮鞭咻咻咻地揮舞的角色，而他的人類奴隸會跪在地上親吻他穿著撒旦聯名款新球鞋的腳。

但看看他現在在哪裡……

托比亞斯自己其實也不是很清楚，他只知道神父像扛布袋一樣把他扛來扛去的，偶爾像抱著西施犬的嬌嬌女名媛一樣把他圈在懷裡。

這對於偉大的地獄犬來說實在是個羞辱，托比亞斯試圖要發火，讓地獄的業火燒掉這一切恥辱，但不知道是束縛在頸子上的項圈、契約書上被亂加的註記還是神父身上莫名的香味，托比亞斯發現自己連個熱屁都放不出來。

不，托比亞斯，冷靜下來。托比亞斯不斷安慰自己，武力不行的話，靠腦力脫困的話行吧！

他緊閉雙眼，咬緊牙根。

ＯＫ，接下來他只要……

呃……

嗯……

二十分鐘過去。

呃……

嗯……

托比亞斯還是沒想出個所以然來，他把這件事怪在離他很近的神父身上太香這件事上。

這個人類到底為什麼聞起來這麼香？托比亞斯困惑到耳朵都要豎起來了，一陣晃動卻打斷了他的思緒，他頭頂上傳來神父的聲音：「我的皮鞋在地下室沾了灰，我很不開心，所以記得和客戶索取清潔費。」

一個模糊的聲音回應了他後，托比亞斯再度被扛到肩上。神父的肩膀頂得他胃疼。武力腦力都沒用的托比亞斯再度掙扎起來，一個鯉魚打挺，後腦杓卻直接撞上了門框之類的東西，叩叩叩的，痛得他哀哀叫。

神父卻沒有停下腳步的意思，托比亞斯只好自己軟下身體，像坨義大利麵一樣乖乖掛在對方身上。

「乖孩子！」神父故意用高亢的語氣讚賞他。

托比亞斯惱怒的臉都熱了，他的尾巴卻很沒志氣地輕輕搖晃起來。地獄犬們都有些毛病，喜歡高亢的語氣是其中一項。偉大的 APEX 闇墮地獄犬這輩子沒這麼丟臉過。

「我們到了。」他聽見神父說。

托比亞斯被丟到了地上，終於，神父把他身上的布袋給掀了開來。重見光明的他忍不住瞇起眼，也不知道是從落地窗透進的夕陽餘光過於刺眼，還是眼前的神父過於令人畏懼……

「以後這就是你的新家了。」利蘭站在托比亞斯面前，居高臨下，然後又是那種高亢的語氣：「喜歡嗎，托比？」
托比亞斯不知道該叫對方閉嘴，還是考慮以後去閹割自己的尾巴。
但在看到眼前的神父看著他微微晃動的尾巴咧嘴微笑，卻又在下一秒沉下聲音，逼著他說：「說喜歡，狗狗。」時，托比亞斯心想，叫這個人類閉嘴可能根本不是一個選項。

◇
◆
◇

「說喜歡，狗狗。」
「嗯、嗯哼……」
當利蘭下指令時，托比亞斯的喉頭發出了這樣的聲音。他的身體沒有按照他的腦袋去運作，而是按照神父的指令去進行。
「乖孩子！」
利蘭笑咧了嘴。
神父高亢的聲音讓躺在地毯上的托比亞斯腹部一陣酥麻，他的尾巴咻咻咻地晃了起來，這讓他羞愧得只想一頭撞死。來到人間之後他的身體就完全失去控制了，這個叫利蘭的神父除了改變他的體型大小之外，肯定還在契約書上另外動了什麼其他手腳。

利蘭用一種可憐又可愛的眼神望著他，再度提高聲線：「哦，你喜歡我用這種聲音說話是不是？是不是，托比？」

托比亞斯的尾巴：咻、咻、咻！

托比亞斯的腦子：幹、幹、幹！

他的身體根本不受控制！還有他真的滿愛高亢的聲音沒錯。他喜歡啾啾玩具，不行嗎？他是隻地獄犬，不准批判他！

「你被准許四處走動，睡你想睡的地方，但住在我這裡還是有幾個小小的規定，請務必遵守。」利蘭邊說邊邁開他的大長腿，悠閒地往廚房的方向走去。

被留在地毯上五花大綁的托比亞斯這時注意到了，自己的契約書被神父塞在他有點性感……操，不！他在想什麼？

再來一次。

托比亞斯這時注意到了，自己的契約書被神父塞在他一點也不性感的臀部後方，那件緊身的黑色牛仔褲口袋內，看上去垂手可得。

托比亞斯瞇起眼，心生歹念……如果能搶回契約書，他是不是就能撕毀他們之間的任何約定呢？這樣無論神父在上面寫了什麼，對他來說都不再適用。

他還是可以在人間成為頂級的 APEX 闇墮地獄犬，屆時他就能恢復原本的體型，將神父踩在腳下，反過來命令他服從。

托比亞斯如意算盤打得很好，神父卻依然在廚房裡喋喋不休。

「第一，不准破壞任何東西；第二，不准弄髒任何東西；第三，對於任何我賜予你的東西心懷感激；第四，上廁所給我坐著上，馬桶設計成那樣不是讓你站著在上頭亂甩用的……」

地毯上的托比亞斯不斷蠕動掙扎，試圖生出小小的火苗燒掉繩子。也許他能像電影裡演的那樣，和撒旦一樣在反派神父回來之前掙脫束縛，然後用空手道、跆拳道或什麼道之類的打倒對方。

對啦對啦，他承認，地獄的電影和人間的爆米花電影其實差不多，反正大部分電影導演死後下地獄都還是做一樣的工作。只是地獄比人間好一點，出演電影的主角永遠都是他們偉大又性感的撒旦，地獄的王兼托比亞斯的偶像兼性幻想對象兼……

喔幹，為什麼燃不起火苗呢？

沒空分心了，為了燃起一搓小火苗，托比亞斯忙得滿頭大汗，但他發現自己就像沒油的打火機，只能噴出零碎的火苗，卻怎樣都不能像之前那樣隨心所欲地噴出火焰來。燒掉束縛無果，神父不知道哪裡弄來的皮革反而還把他束得更緊了，托比亞斯癱在地上，皮革卡緊了他的下腹，更加動彈不得的他面朝下，卡在神父的高級地毯裡，差點沒把自己悶死。

「第十三，進家門的時候鞋子要脫下並且擺放整齊……」

還有這神父的規矩也他耶穌的太多了吧！是要怎麼記住啦？

「第十四，不……托比，不要在我的地毯上磨蹭。」利蘭一把將在地毯上掙扎的托比亞斯給拉了起來，托比亞斯這才重見天日。

他喘吁吁地用鼻子吸氣，一邊哼哼唧唧地該該叫著，直到神父動手把他的口枷解開來。

「你……」嘴巴一能動了，托比亞斯就想一吐為快。

「我怎樣？」

「你好漂亮！」托比亞斯開口，然後又閉上嘴巴。他原先想說的是「你這個愚昧又下賤的人類」，脫口而出的卻不是這麼回事。

托比亞斯深吸了口氣，再次試著咒罵：「黑色牛仔褲穿在你身上看起來超辣！你在哪買的？」

接下來蔓延的沉默讓托比亞斯漲紅了一張臉，都到這個程度了，他覺得自己差不多可以喝個一噸聖水自我了結。

利蘭咧嘴笑著，按著胸口眨著眼說：「喔，謝謝，這是訂製的褲子，很高興你注意到我有多辣。」

「我沒有要這樣說！我沒有……為什麼……」托比亞斯委屈得都要哽咽了。

利蘭蹲到托比亞斯面前，手裡拿著他的契約書，指著上面原先沒有的條款說：「契約內容：永遠誠實地讚美你的主人，像信徒讚美上帝一樣。」

「你這擁有俊美臉龐烏黑秀髮修長雙腿的性感撒旦！你媽知道她生出的孩子有多美嗎！」托比亞斯指控，然後一腦袋撞上了地板。

「是的，上帝知道，所有人都知道。」利蘭似笑非笑，一臉不以為意，他順手替托比亞斯鬆綁，起身後悠閒自在地轉過身，開始鬆起自己的鈕扣。

有機可……

好不容易獲得自由的托比亞斯起身就想施展他蹩腳的空手道，但才剛站起來他就頭昏眼花，雙腿則軟得像剛出生的小羊，肚子一直發出嘎啦——嘎啦——的叫聲。

托比亞斯跌跌撞撞地隨便找東西攙扶，最後卻被利蘭一把拉了起來。

「發生什麼……你做了什麼？你的靈魂有毒嗎？」托比亞斯瞪著試圖讓他站直的神父，他別無選擇，只能像攀著浮木般緊緊抓著高他一截的男人。

「不……應該沒有。」神父聳肩。

「喔撒旦啊！我要被毒死了！」

「冷靜，小笨狗，你只是肚子餓了而已。」

利蘭輕拍托比亞斯的臉，眼神裡的憐憫像是在看把自己的腦袋塞在罐頭裡拔不出來的小狗。

「魔鬼上來人間，要消耗的熱量很大，你知道為什麼一般魔鬼的祭品會選擇鮮血、內臟、處子或嬰兒嗎？因為他們需要先補充營養，而你想要的祭品卻是M&M's和小胡蘿蔔……怎樣，你是以為來人間一趟是校外教學嗎？」

誰知道啊！托比亞斯內心崩潰，他又不喜歡鮮血、內臟、處子或嬰兒！他一直以為其他人喜歡這些東西只是因為他們都不懂得品嚐真正的美味，比起那些黏呼呼又愛哭愛叫的東西，咬起來只會喀嚓、喀嚓響的M&M's和小胡蘿蔔不是好很多嗎？

「祭品的選擇錯誤，作為代價的靈魂你又吞不下去，你到現在還能站直已經很不錯了。」

「讓我回地獄去……也許、也許回去我就會好很多。」

來人間根本是個錯誤，第一次的召喚是徹徹底底的失敗，托比亞斯願意認錯，只要眼前的傢伙願意放他回去。

「不，不，這樣以後你會變得不堪使用，所以我們必須找到餵飽你的方法。」

「以後會變得不堪使用是什麼意思？以後是什麼意思？」托比亞斯抬起頭來，茫然地看著神父。

「讓我想想，靈魂不行的話，血可以嗎？」利蘭卻沒有要回答他的意思。他自顧自地捲起袖子，手裡不知何時變出了一把小刀，直接在托比亞斯面前劃開手腕。

溫熱的鮮血噴濺到托比亞斯臉上，臉色鐵青的托比亞斯摸了幾下臉，像看神經病一樣看著眼前的神父。

「你這聞起來香噴噴又性感，手臂肌肉線條還超美的人類。」這不是托比亞斯原本想罵的話。

「不喜歡鮮血？」看著一臉嫌惡的托比亞斯，利蘭微微蹙眉。

「血吃起來就像在吃鐵，到底為什麼大家都喜歡吃血？」托比亞斯委屈地該該叫著，連忙抹掉臉上的血。

「你是隻挑食的狗寶寶，托比。」利蘭似乎覺得有點麻煩。

「拜託……請放我回家就不會有問題了。」托比亞斯懶得爭辯，他連「請」這個字都用上了。

「不，我說你能回家的時候才能回家。」神父卻堅持。他舔掉了自己的血，傷口也隨之消失不見。

托比亞斯沒有心情去追究這件事，他還在該該叫，只覺得這神父要把他餓死在人間了，但他卻連遺書都還沒寫，也還沒和桃樂絲道別。

就在托比亞斯兀自傷心的同時，神父一把掐住了他的後頸。

「靈魂不行、血液也不行……那精液總該可以了吧？」

什麼？

「雖然有點麻煩又浪費體力，不過我們就來試試精液吧，托比。」

呃，什麼？

利蘭決定豢養魔鬼其實有點像是臨時起意，他對漫長的日子感到無聊了，而這時托比亞斯的契約書又正好落到他手上……

一隻地獄犬、地下強大魔鬼、一隻狗狗。

利蘭喜歡小動物，魔鬼可能也是到他手上唯一能存活的東西，所以養隻地獄犬當消遣似乎是個不錯的選擇。

再說，有隻來自地獄的嚇人魔鬼跟在身邊充當看門犬，對他現在的工作或許也會增加很多方便性。

利蘭只是沒料到，跑出來的托比亞斯會是這副德性……

「為什麼不讓我回家就好？」托比亞斯站在偌大的浴缸裡抖著身體該該叫。

雖然在看到托比亞斯那小學生日記般的契約書時，他就料到了可能會是隻很ㄎㄧㄤ的魔鬼，但托比亞斯的ㄎㄧㄤ法……這麼說好了，就好像你幻想中準備領養的是隻有點瘋癲的凶猛比特犬，收容所交到你手上的卻是隻笨笨又愛虛張聲勢的吉娃娃。

凶猛的地獄犬原來只是隻狗寶寶而已。

「我說過的話不要讓我說第二遍。」利蘭坐在浴缸對面的長椅上，點燃根菸抽了起來。

但是不要緊，他說過他喜歡小動物。

「脫掉你的衣服，我們要把你洗乾淨。」利蘭低聲命令。

浴缸裡的托比亞斯脫起了衣服，動作僵硬而遲緩，看得出來他還在抵抗命令，不過一切都是徒勞無功。

服從主人的任何命令。

這是利蘭在拿到托比亞斯的契約書後加註的第一項條款。

「但是我覺得我不會喜歡吃精液。」被強迫脫著自己衣服的托比亞斯叫著，愁眉苦臉。

「你覺得？你真的以人類的精液為食過嗎？」

「……沒有。」

「那你怎麼知道你不喜歡？」

「我又不是淫魔或是馬努列斯那種渣男魔鬼。」托比亞斯為自己辯解：「我有底線的，好嗎？」

笑死人了，魔鬼有底線？

利蘭像被逗樂般笑出聲來，他嘴裡呼著白煙，白煙聞起來是熱的，卻沒有菸味，反而有股古怪的香味。

托比亞斯揉了揉鼻子。不得不說，煙霧裡笑眯了眼的神父性感到嚇死魔鬼。

「靈魂對魔鬼來說像牛肉；血液如同雞肉；精液和體液跟魚肉一樣……只是口味和會不會過敏的問題而已。」利蘭熄掉了手上的菸。

「我、我可以是隻吃素的魔鬼……」縮在浴缸裡的托比亞斯在利蘭起身走向他時，連聲音都跟著縮起來。

利蘭站在浴缸旁，由上而下凝視托比亞斯。

「世界上沒有吃素的魔鬼。」他說，並且順手打開熱水。

熱水淋在托比亞斯身上，他原本蓬鬆柔軟的紅髮全都坍塌在臉上，看起來狼狽又可憐。

「很燙！很燙！」他叫著。

「你是會噴火的地獄犬耶……」利蘭坐到浴缸旁，興致一來似的伸出原本環著胸的手，替魔鬼將頭髮撥開，露出他圓圓亮亮的眼睛，和皺在一起的委屈臉孔。

有的魔鬼長得滿臉橫肉，有的魔鬼俊美異常，托比亞斯則和兩者都不同，他有對略微下垂的濃眉、看起來有點衰衰的五官，委屈起來無辜得讓利蘭就是忍不住上揚嘴角。

對，運氣很好，他正好有點喜歡這種長相倒楣的小笨狗。

利蘭用拇指掀開了魔鬼的嘴皮，他的托比有一口健康漂亮的牙，他滿意得不得了。

「聽著！美麗的人類……」托比又要說話了。

「我允許你直呼我的名諱。」

「聽著！美麗的利蘭……操！」

「嗯？」

「你不知道你惹到的到底是什麼恐怖的東西，我來自地獄的地獄犬家族，你不讓我回家，我的家族將會找上門來……」

「對你進行血的復仇，將你的靈魂拖入地獄鞭笞？」利蘭挑眉。

「你怎麼、你、你……」

「我聽過太多次了，記得叫你的家族來之前先去抽號碼牌排隊，我隨時歡迎。」看著托比亞斯震驚的衰臉，利蘭嘴角幾乎要拉到耳邊。

不顧自己的西裝襯衫會被熱水濺溼，利蘭用雙手托住托比亞斯的臉，凝視他的眼睛。

其實真要讓利蘭來選擇的話，要餵食魔鬼並且讓魔鬼飽足，精液絕對不會是首要選擇。利蘭喜歡務實又快速的方法，透過靈魂或血液直接餵食會比性愛和精液來得更方便快速。

「你很幸運，托比，我喜歡你。」利蘭瞇起眼來。

如果今天跑出來的是其他魔鬼，他可能會直接放他們在人間挨餓受苦。

「我、我覺得那好像不叫幸……」

「嗯？」利蘭提高聲線。

「我……好……幸……運。」這話托比亞斯是咬著牙說出來的。

「好孩子！」

咻！咻！咻！

利蘭滿意地看著托比亞斯屁股上搖晃的尾巴，捧起對方的臉往鼻尖上親了一口，然後低聲說道：「現在把自己清理乾淨，嘴也是，明白嗎？」

人類往他鼻子上親了一口。

溼潤的親吻發出啵的一聲，托比亞摸著鼻尖，還有點狀況外。他想大聲抱怨那個該死又美得要死的神父怎麼可以親他？連他老爸老媽們都沒親過他，連他自己也沒親過自己！區區人類怎可以膽大妄為地親他？

咻！咻！咻！

但他的尾巴還在搖晃。

◇
◆
◇

托比亞斯抓著還溼漉漉的頭髮，全身赤裸地坐在柔軟的大床上，在肚子餓到嘰哩呱啦連 Beatbox 都要唱出來的情況下，他已經憔悴到沒有心力去管自己身體的反應。

澄澈溫暖的夕陽餘暉從整面落地窗灑進來，散落在托比亞斯身上有點刺激而熾熱，這讓他想念起地獄那顆總是高掛天空，混濁又血紅的赤日。

神父的房子很誇張。

托比亞斯雙眼無神地盯著落地窗外的景觀、無邊際的泳池、臥室裡燃燒的壁爐和房裡豪奢的裝潢……這看起來根本不像個神父的家，更像神棍或賈伯斯的家。

他皺起眉頭，注意到掛著的一幅耶穌受難雕像，但瞇起眼睛仔細看過去，那耶穌似乎沒在受難，只是靠著十字架擺出網美拍照姿勢。

什麼樣的神父才會在家裡掛這種東西？托比亞斯揉揉眼，也許他餓到頭昏眼花了。眼睛揉著揉著就揉出了水，托比亞斯哭喪著臉。他曾經試圖想趁神父還在浴室裡時爬下床，尋找其他生路，但神父一句：「去床上坐好，等我。」就像禁錮咒一樣，他自己爬上床坐好，然後就一直坐在這裡等。

更糟的是，他的身體還不斷表現出一股期待的緊張感。

「你的底線呢！」

托比亞斯激動地質問自己，但他發誓接下來他聽到自己的肚子發出了「去你媽的底線」的叫聲。

倒抽了口氣，覺得自己還有自己的老媽們被深深冒犯的托比亞斯正要和自己的肚子繼續爭執，原本浴室裡的水聲卻忽然安靜了下來。

一瞬間，托比亞斯和他的肚子都閉上了嘴，浴室裡那個優雅緩慢的腳步聲被放大，往臥室的方向走來。

托比亞斯吞了口口水，胃因為極度的飢餓（或壓力）而開始感到疼痛。

夕陽恰好完全落下，身材高瘦精實的神父擦著頭髮，赤身裸體地從黑暗中走出來。

「你有乖乖等著嗎，托比？」

神父話音落下時，壁爐的火戲劇性地轟隆燃燒起，燒得托比亞斯瞳孔都跟著放大，然而他的尾巴卻依然屹立不搖地咻！咻！咻！著，彷彿在期待著神父的那句——

「乖孩子！」

托比亞斯就像屁股裡有條蟲一樣，他坐立難安地等待著下一秒會有什麼事情發生。

神父慢悠悠地擦著頭髮，絲毫不在意自己正全身赤裸地在魔鬼面前四處走動。他走到那一排裝潢 Fancy 的酒櫃旁替自己倒了杯酒，一飲而盡。

究竟是什麼樣的神父會這樣又菸又酒？

還有究竟是什麼樣的神父看起來會像個不斷散發著性感氣息的行走費洛蒙？

看著神父吞嚥著酒精的喉結上下移動，托比亞斯吸吸口水，忍不住跟著吞了口唾沫。他的視線從神父寬厚的胸膛往下掃，一路從曲線優美的腰桿再到那蟄伏於神父腿間的巨物……

托比亞斯像是來到了新世界——侏羅紀世界。

……ＯＫ，他可能是有點過度誇大了，但、但是耶穌基督啊！那才是真正的頂級APEX獵食者霸王龍吧？

神父和他的頂級APEX獵食者霸王龍像夏日的太陽一樣刺眼，讓托比亞斯不得不伸出手來遮擋那雄偉的景觀。他想尖叫，但真正發出聲音的只有他飢渴的胃。

神父放下酒杯，故意用極其討人厭的娃娃音加疊字，配合同情的眼神對托比亞斯說道：「喔……托比你肚肚餓餓了是不是？」

溢出來的酒水從他的嘴角滴落到頸子上，酒水的顏色看起來像血，他舔著嘴唇的模樣實在不像個聖潔的神職人員。

比起魔鬼本身，神父更像魔鬼。

眼看著利蘭一步一步朝自己走來，托比亞斯陷入慌亂之中，試圖做出最後掙扎。

「聽……聽著神父，和魔鬼交易的人都不會有好下場，你確定你要拋棄信仰和我締結契約嗎？」

聞言，利蘭驟然停下腳步，用那雙如同苦艾酒色澤般詭異的綠眼珠盯著他看。

托比亞斯沒料到這個策略會奏效，這讓他忽然有了自信，舉起手指正對著神父，語氣也開始膽大妄為起來：「你可能會被你的上帝、你的天父拋棄，你可能會被天堂拒於門外，最後必須下地獄與魔鬼為伍。」

信仰上帝的人最懼怕的就是下地獄，這是亙古不變的道理。

托比亞斯以前在學校裡成績不好歸不好，本質畢竟還是擅於操縱人心、魅惑心智的魔鬼，他還是很能洞悉人類的恐懼，所以……

所以神父大笑了起來。

「笑死人了，誰在乎啊？下地獄就下地獄，只要那裡願意接納我啊。」利蘭一臉不在乎的模樣說道：「還有我不是神父，我不信上帝，別再跟我提那個無能、煩死人又愛碎碎唸的老傢伙。」

「不是神父你穿成那樣幹嘛啦！」托比亞斯崩潰。

「因為我穿羅馬領很好看啊，你不覺得嗎，托比？」利蘭雙手揹在身後，裝可愛似的歪著腦袋。

托比亞斯的視線很難不聚焦在對方雙腿間的「頂級獵食者」上，他努力把注意力往上拉，卻沒能管住誠實的嘴：「我、我覺得你穿起來美得要死……像是個禁慾又性感的超辣撒旦，我愛撒旦，他很辣，你也很辣。」

操、操、操！閉嘴啦！托比亞斯。

「謝謝，雖然被比作撒旦那騷包讓我覺得你品味有點差，但我接受你的讚美。」從利蘭那幾乎要咧到耳邊的笑容看來，他似乎非常滿意這個答案。

這傢伙到底有什麼毛病？托比亞斯皺起一張臉，吸著鼻水忍不住要開始哽咽，只是他的肚子依舊比他叫得更大聲。

「好，不要再浪費我的時間，你該吃東西了。」

利蘭的逼近讓托比亞斯的汗毛全都豎了起來，他開始哀號：「不，我吃不下去，我吞、我吞不下霸王龍。」

「什麼霸王龍？」利蘭沒聽懂，他眼神冷冽地爬上床。「小笨狗。」

「慢著！如……如果我真的不喜歡吃精液怎麼辦？」托比亞斯眼睜睜地看著利蘭將精實的身體卡進自己雙腿間。

人類聞起來像菸草、烈酒，還有股醇厚的古龍水味。他的肌膚溫度高得比剛才的熱水還要燙，簡直像塊燒紅的炭。

托比亞斯快被燙死了，他下意識張開雙腿，人類卻像伊甸園裡的蛇一樣蜿蜒纏上。

「那我們可能要考慮更糟糕的選項了。」

「什麼、什麼是更糟糕的選項？」

「我不會試的，所以你一定要給我吞下去。」利蘭說，他將托比亞斯鎖在懷裡，伸手一把掐住托比亞斯的臉。

托比亞斯熱汗直流，他身上散發著溫熱氣味，人類用鼻尖輕輕頂過他的鼻尖，嘴唇近得快要碰上，卻又若即若離。

「張開你的嘴，小狗。」利蘭下令。

托比亞斯緊張地抓住人類的手腕，張嘴正要說話，人類卻眨著那雙有著濃密上下睫毛的綠眼珠，趁他發楞時一口咬上來。他瞪大眼，眼睜睜看著自己的嘴唇被人類吸吮住，被輕輕嚙咬，口腔和舌頭還被人類用舌尖黏膩地戲弄。

還記得他上次有過如此淫穢的唇舌交纏經驗大約是在上上個星期，和……呃，和他自己的右手。

那天他真的很無聊，掌心又沾到了正在吃的巧克力醬，所以……

托比亞斯永遠記得他正在和自己的掌心熱吻時，桌上抓包這一幕的桃樂絲那種鄙視處男的眼神有多強烈。

「唔！」

托比亞斯的舌尖被咬了一口，人類的嘴唇很柔軟，動作卻相對粗暴。

我給獎勵的時候別分心。

有一瞬間，利蘭幾乎把這句話說進了他嘴裡，他的胸腔還熱烘烘地跟著共鳴。活生生人類的嘴唇和右手手掌的僵硬木訥完全不一樣，他們的嘴唇和舌頭發出響亮的滋滋聲響，人類幾乎要吃掉他的唇舌。

他才該是進食的人不是嗎！

些微的疼痛讓托比亞斯皺起眉頭，但是該死的耶穌基督聖母瑪利亞……怎、怎麼辦？他偏偏有點喜歡這種疼痛。

「等……」托比亞斯將頭往後仰，嘴唇分離時發出了很響亮的聲音。他們的唾液牽連著，邋遢卻又色情。

托比亞斯像孩子一樣吸著下唇，他不知道自己在幹嘛，但人類的口水像蜜一樣誘人，他鬧哄哄又餓到痙攣的胃竟然獲得了些許緩解。

「等什麼？你最好給我個很好的理由。」利蘭撥起垂落的瀏海，他的黑髮完美地蜷曲在耳後。

看著男人用鮮紅色的舌尖勾劃過那雙紅潤的薄唇，托比亞斯猛吞口水。

假神父雖然又菸又酒，但撇除掉那個憤世嫉俗、厭世又嚇死魔鬼的老菸槍眼神，他白皙的臉上一點瑕疵也沒有，眉眼俊挺，上下睫毛又濃密到靠北……

看起來實在有夠好吃，聞起來也是。

托比亞斯以前從來不懂他那成日泡在人類奴隸中荒淫度日的兄弟老說精氣和性慾這東西很好吃是什麼意思，也不明白那傢伙明明老是在床上運動卻還有脂肪肝問題到底是有什麼毛病。

現在他知道為什麼了。

男人聞起來像粗暴的色慾，香甜又辛辣，充滿托比亞斯過去不曾嘗試過的新鮮和刺激感。

但同樣的，因為沒嘗試過，托比亞斯不知道吃下去會發生什麼事，萬一吃下去跟人類的靈魂一樣難吃呢？萬一他也吃到得了脂肪肝呢？

托比亞斯還年輕，他不想得脂肪肝，所以尿遁或許會是個好理由。

「我、我想要尿尿……」

聞言，利蘭深吸了口氣，托比亞斯的身體也跟著糾了起來。

一瞬間，室內的火爐又燒得興旺，托比亞斯的心跳大概停了十秒，在利蘭凌厲的視線瞪視下，他原本沒尿意都真的有尿意了。

利蘭瞇起眼，沒有從托比亞斯身上離開的意思，他原本掐在他臉上的手掌往下移動，輕輕收緊在他頸子上，然後將上頭的項圈繫得更緊了些。

「我說過……你只是肚子餓而已。」利蘭低下頭，用嘴唇和牙齒吮過托比亞斯的下唇。「現在給我張開嘴，乖乖享用你的食物。」

強烈的壓迫感和色情感讓托比亞斯差點岔氣，他臀瓣間的某處一緊，雙腿開始抖得跟新生小鹿一樣，然而他腿間的小托比倒是很有精神，抬頭挺胸硬邦邦地開始挑釁起人類那沉甸甸的猛獸。

……哎，要死了。

覺得自己性命垂危的托比亞斯眼泛淚花，嘴裡吸吮著人類的唇舌倒是吸吮得很歡快。沒辦法，越危險越喜歡，這是魔鬼的天性。

◇◆◇

利蘭一度險些失去耐性。

他是聽說過地獄犬這種魔鬼都像一群正在嗨的哈士奇，話很多很囉嗦，不過他沒料到托比會是隻特別麻煩的地獄犬寶寶。

依照往常，他可能會直接把魔鬼揍個屁股開花……

不過他自認自己脾氣雖然沒像德蕾莎修女這麼好，但至少也不是那種會欺負小貓小狗的神經病。他喜歡小動物，是個充滿善意又很有愛心的人。

他今天不會這麼做的。

耐心是美德。

「我、我想要尿尿……」

利蘭深呼吸。

魔鬼在他身下糾成一團，視線噠、噠、噠地在他胯間和臉上來回兜轉，猶豫不決的模樣再再挑戰著他的耐心。

耐心是美德……可是托比亞斯算是小動物和魔鬼的綜合體，雖然不能揍到屁股開花，但是操到屁股開花是可以的吧？

「我說過……你只是肚子餓而已。」利蘭下定主意。「現在給我張開嘴，乖乖享用你的食物。」

他一口咬上托比亞斯的嘴唇，魔鬼在接受他的贈禮時露出一副苦瓜臉，看起來可笑又可憐。

利蘭咧起嘴來，他喜歡可笑又可憐的小動物，看他們的衰臉很療癒不是嗎？

「唔嗯……」托比亞斯在他的贈禮下發出呻吟，魔鬼優柔寡斷，真正吃到他的性慾時倒是需索無度。

利蘭再度打斷他們之間的吻，托比亞斯咬著嘴唇，看起來意猶未盡，似乎是嚐到甜頭了，魔鬼的肚子再度發出飢餓的聲響。

用性慾餵食看來是可行的。

很好。

不過他才不會這麼快就餵飽不知足的魔鬼。

「好吃嗎，托比？」

「我、我……啊！」

沒讓托比亞斯繼續囉嗦，利蘭伸手往下一探，掐住魔鬼那一直硬邦邦地頂著他，看起來很興奮、很愛他的部位。把托比亞斯的 Size 變小之後，魔鬼本該擁有的猙獰部位也變得小巧可愛了起來，掐在手裡剛剛好。

「喔……看看這抬頭挺胸的小傢伙。」

「它本來不是長這樣的好不好！」托比亞斯差點沒被氣哭，急忙比劃著手說：「你如果把我變回去，它會長得更大一點，至少有這麼大！」

「我不在乎。」

「你有膽子就跟我下地獄一趟，我一定會讓你見識我的……啊！啊！不要掐、不要掐！」

「好啊，有機會我就下去餵你一頓，等你準備好的時候。」利蘭掐住托比亞斯漲紅的性器，用拇指指腹頂著那泛紅的龜頭磨蹭。

托比亞斯整個身體狂顫了幾下，熱汗浸溼他蜷曲在額際的紅髮，他開始該該叫著試圖扳開利蘭的手指。

「放開……放開，不可以這樣蹭！」

才沒幾下而已，利蘭的拇指已經被濡溼了，可是當他真的停住動作，托比亞斯卻又一邊喊著住手，一邊挺動他的臀部。

「你到底是要還是不要？」利蘭冷眼看著托比亞斯。

「我不知道……」魔鬼看上去要哭出來了，他吸著鼻水控訴：「我會知道嗎？我知道的話你就不會拿到我的契約書亂改，我現在也不會被困在這裡讓你玩雞雞吧！」

說得好像不是沒有道理。利蘭頓了一下，隨後他大笑出聲，那種從胸腔散發出來的愉悅感讓魔鬼都感到恐懼。

利蘭鬆開手，在托比亞斯露出一臉「你確定真的要鬆開手？」的表情時，用雙手按住托比亞斯的大腿根部，扳開他的雙腿。

「那就不要玩了，反正你也不用這裡進食。」

「什麼？」

托比亞斯一臉像是剛剛有人從他嘴裡搶走狗骨頭的模樣，還沒等他意會過來利蘭的意思，對方就低頭吮住自己修長的中指和無名指，緩慢地插入再緩慢地抽出。

魔鬼瞪著他，動作明顯地吞著口水，肚子更大聲地尖叫。

利蘭笑瞇了眼，沾著口水的手指又爬回托比亞斯硬挺發紅的龜頭上，卻撓癢似的磨蹭了兩下便用指腹一路往下滑，往那兩顆小巧圓潤的囊袋上捏了兩把。

「啊、啊！」

托比亞斯不知道是在呻吟還是在哭，他倏地夾緊大腿，腿間的小托比卻沒能忍住，興奮地吐了些透明的愛液出來。

「怎麼⋯⋯可以⋯⋯捏人家的⋯⋯蛋蛋。」托比亞斯咬著下唇，鼻水都要流出來了。

看著魔鬼一副苦瓜臉的模樣，利蘭歪著腦袋，嘴角都要裂到耳朵上了。

「你在做什麼？小笨狗，張開你的腿。」他低聲命令。

「我不……誰叫你捏……嗚……嗚，操、操、操！」魔鬼的精神在掙扎，身體卻很服從指令。托比亞斯用雙手掐住自己的膝窩，乖乖將自己的雙腿扳開往胸前折，把他的私密部位好好地展示在利蘭面前。

「乖孩子。」利蘭用手指往托比亞斯硬邦邦的性器上彈了一下。

托比亞斯整個身體發顫，他拱起腰，尾巴還偷偷搖晃起來。

「小托比你這麼開心啊、這麼開心啊？」

「我沒有……停下來……拜託。」

「不。」

利蘭乾脆地拒絕，他的手指從托比亞斯圓潤的囊袋往下滑，指腹抵住那個從剛剛開始就不斷收縮的部位，緩慢地將手指插了進去。

「慢、慢……等……不……不是只是要吃精液嗎？」托比亞斯連額頭都燒紅了，他的頭上甚至物理上冒著白煙。

「是啊。」利蘭不疾不徐地抽插著中指，溫暖到接近滾燙的媚肉纏著他的指頭幾乎不放，他瞇起眼，不知道是不是在開玩笑。「也許我們應該在契約書上多加一條規定……比如說讓這裡更好進入一點。」

「回答我的問題啦！」

「嘖，不是回答了嗎？」

利蘭抽出手指，在掌心上吐了更多唾沫，然後重新將手指……兩根手指插入托比亞斯溼潤的肉穴內。

帶點粗暴的進入方式讓托比亞斯揚起腦袋，腳板打直，一時半刻說不出話來，他腿間的小托比倒是開始滴滴答答流著淫穢的液體。

利蘭挑眉，看著底下整個身體燒紅的托比亞斯，用手指撐開他逐漸變得柔軟溼潤的肉穴，語帶同情地問道：「你之前沒有經驗嗎？托比，你是怎麼回事？你可是來自地獄耶。」

要有多邊緣才會來自地獄還是個無性經驗的魔鬼？

「閉嘴……閉嘴啦！這跟你沒關……啊！」

「你說什麼？」利蘭壓低聲音，指腹滑向深處。「說話要有禮貌，托比。」

托比亞斯的雙腿顫抖，滿臉糾結地說：「我、我說這位先生，不好意思，我沒有聽懂您的意思……您要我吃我就吃，但我用嘴吃就好了吧？」

「可以喔，下一輪吃點心的時候吧。」

「什麼叫下一輪？」托比亞斯尖叫：「什麼叫下一輪！」

利蘭再度用沉默和微笑回答。他抽出手指，拉開托比亞斯的雙手，並將魔鬼的膝窩重新架到自己雙肩上。

托比亞斯雙手緊緊抓著床單，汗如雨下，盯著匍匐在雙腿間的利蘭。

「只要可以吃進去，哪邊都能吃。」利蘭俯下身，再度吮吻他的狗狗的嘴唇。

但托比亞斯看上去好像嚇壞了……或餓壞了。他只是瞪著利蘭腿間勃起的巨物，腦袋熱燙燙地冒著白煙說：「這、這麼大，吃、吃不下去吧？」

利蘭跟著往下看了眼，不以為然地聳肩。

「當然可以。」利蘭說。他握著自己的性器向前挺動臀部。

沉甸甸的器物在托比亞斯的臀縫間磨蹭，深紅色的龜頭三番兩次地故意滑過托比亞斯不斷縮合的肉穴。

「你是隻偉大的終極 APEX 暗墮地獄犬，不是嗎？」

◇
◆
◇

人類的語氣挑釁至極，但托比亞斯已經無暇在意。

——吃！吃！吃！

他渾身的細胞都在高唱著。

——那東西太大了，吞不下去吧？

——少囉哩叭嗦！吃！吃！吃！

——閉嘴！托比亞斯！

——你才閉嘴！托比亞斯！

腦袋裡亂成糨糊，恐懼、性慾和食慾各種自我意識打架著。托比亞斯張大眼瞪著抵在他入口處的巨大器物……他不是沒因為好奇往那地方塞過手指之類的東西，但他從沒塞過這麼巨大的東西。

那東西那麼猙獰，那麼野蠻，他的身體又被縮得這麼小，這麼可憐——他吃不下去，吃不下去的吧？

「你是隻偉大的終極 APEX 暗墮地獄犬，不是嗎？」

幹，就算是偉大的終極 APEX 暗墮地獄犬也不是什麼都能用屁股吃下去啊？地獄犬之所以偉大又不是偉大在屁股……

托比亞斯還沒來得及抱怨，還沒來得及哭爸哭母，那個紅到發紫、飽滿又堅挺的龜頭已經頂上來，在利蘭的壓迫下逐漸沒入他被簡單擴張過的部位。

腰被折起，大腿被壓在胸膛上，當托比亞斯眼睜睜看著自己吞進人類凶殘的龜頭時，他終於忍不住放聲嚎叫了起來：「啊、啊……啊啊！」

肉穴被一點一滴地撐開來，才只是進入了前頭而已，托比亞斯已經覺得自己要昏厥了，偏偏身體健壯耐操大概是他身為地獄犬唯一的優點。

「嗯……」

托比亞斯不只沒昏，在聽到身上的人類發出那種愉快的低沉呻吟時，他腿間的性器還更加精神抖擻地挺起身來。

「你看這不是吃進去了嗎？」

利蘭的手掌緊緊壓在托比亞斯的膝上，他撒嬌似的將臉靠在上頭，黑髮性感地散落在額際。當他的視線由下往上看時，托比亞斯顫了幾下，肉穴不自覺地纏緊人類的龜頭不放。

「咬鬆一點，托比。」

利蘭輕輕一嘖，托比的腹部就跟著發癢，他不知所措地繼續討價還價：「就這樣……就這樣就好了！我吃夠了！」

「你根本什麼都還沒吃，小笨狗。」

利蘭傾身，覆到托比亞斯身上時像一團黑影，只看得到那對綠色的雙眼而已。不理會該該叫的托比亞斯，利蘭挺動腰肢，粗長的陰莖殘暴地繼續撐開幾乎被擴張到極限的肉穴。

托比亞斯想張嘴尖叫，人類卻咧嘴笑著一口咬掉他的叫聲，還羞辱似的用舌頭將唾沫推進他嘴裡。這種羞辱對於人類來說或許是種奇恥大辱，但對於來自地獄的魔鬼托比亞斯來說……他有點喜歡。

他的嘴被人類的舌頭淫穢地勾拉著，身體裡則被那股恐怖的飽脹感給撐到痠軟，可是同時，那種麻麻癢癢的興奮和性愉悅又開始在他下腹擴散。

托比亞斯吞著人類的口水，胸口被壓迫到快窒息，人類的那根巨物幾乎頂進他腹腔……

利蘭抬起頭時，還故意讓他們的嘴唇發出啵的一聲。他將額際的瀏海向後撥去，抿著唇的同時發出愉快的哼鳴聲，整間房都跟著微微震動。

當然，托比亞斯並沒有閒功夫去注意這件事情，他的腰快斷了，大腿可能明天會散掉，可憐的屁屁還被撐開到極限，唯一開心的大概就只有垂掛在他腿間一顫一顫的小兄弟。

托比亞斯勾著腳趾，好半天發不出聲音來，直到利蘭眨著眼對他笑，笑得他心裡發寒為止……人類開始緩慢地抽動他結實的腰和臀。

滋嚕一聲，體內的飽脹感隨著利蘭的動作消退的同時，托比亞斯的頭皮跟著發麻，紅暈一路從他耳尖炸開到胸口。

「等、等等……慢、你、你慢……我是說快、我是、我是說……」

沒理會托比亞斯的胡言亂語，利蘭無預警地壓著托比亞斯的雙腿再次挺入。才剛被抽出一半的巨物再度沒入，托比亞斯可以清楚地感覺到那堅硬圓潤的龜頭直接頂進他體內深處，帶來一種銳利的痠軟，同時又讓他的下腹爽到發麻。

托比亞斯的髮梢甚至冒出了點點星火。

「哇啊！啊、啊……啊！」水氣氤氳在托比亞斯兩顆圓圓哀哀的眼睛裡，淚水差點跟著鼻水一起冒出來，他抓不住自己的腿，兩手胡亂抓在床單上。

床單也開始散發出燒焦的氣味。

「床單很貴，不要弄壞它好嗎？」利蘭用一種溫柔到快膩死人的聲音說道，他拉起托比亞斯的雙手勾在自己脖子上。「你可以碰觸我沒關係，我允許。」

利蘭親暱地親吻托比亞斯的鼻尖，手往下一滑，將托比亞斯的雙腿勾到自己的肩膀上。

真的要被折斷了……

托比亞斯還沒反應過來，利蘭已經掐著他的大腿和腰開始猛烈地抽插起來。

「哼嗯嗯嗯……感覺很好，對嗎？」他親吻著托比亞斯的下唇，語氣極盡溫柔到刻意，動作卻相反地相當粗殘，結實精瘦的腰桿啪啪啪地拍打著托比亞斯的臀肉，毫不留情。

粗長猙獰的性器淺淺被抽出後又深深插入，龜頭頂著溼嫩的內壁一路滑過，不斷頂過讓托比亞斯整個下半身都發麻的地方。

「啊、唔啊、啊、啊……慢、慢、啊！」

托比亞斯被頂得連話都說不完整，沒有間斷的快感讓他感到窒息，可是人類又壓迫在他身上，讓他無處可逃。

體內不間斷地被塞滿、被填飽，痛並快樂著大概就是在形容現在的狀態。托比亞斯既想脫離，手腳卻又忍不住扣緊在人類身上，讓人顫慄卻又欣喜的飽足感讓他本能地攀附上去。

人類再次抽插到底時，強烈而尖銳的高潮讓托比亞斯眼淚鼻水都跟著委屈地流出來了，他的小兄弟卻還在腿間快樂抽動。

「喔……你眼睛裡都要噴出愛心了，你很喜歡你的食物是不是？是不是？」利蘭又開始用那種高亢的語氣說話了。

鬼才喜歡……所以魔鬼可能超喜歡。托比亞斯不爭氣地想著。

「唔嗯！」在人類親吻他的鼻尖，整個人再度壓上來之際，他無預警地射了。那根巨物進到太深的地方，連托比亞斯自己也沒碰過的地方。

紅暈從托比亞斯的頸子和胸膛一路延燒到後背和腰際，他的雙腿勾緊人類的腰，空氣因為逐漸升高的溫度而氤氳模糊，而那個一直看上去游刃有餘的人類，臉上也終於泛起微紅，髮梢因汗水而溼潤。

還在射精的托比亞斯在高潮的混亂中聽見利蘭低聲呢喃：「準備好了嗎？」

準備好什麼？流著眼淚鼻涕口水的托比亞斯一頭霧水，他被人類一把拉起，然後人類掐著他的腰，直接強迫他坐進他懷裡。

體內的那根東西被他坐到底，托比亞斯的背脊跟著打了好幾個顫，人類卻依然毫不留情地繼續他凶猛的抽插。

「唔@＃＄％——」托比亞斯的臉壓在人類的頸窩間，呻吟被咬在嘴裡，變成細碎的胡言亂語。

直覺告訴他有什麼東西要來了。

利蘭的手指沿著托比亞斯的背脊一路往下撫摸，他低語：「吃吧，我的小狗。」接著一把用力拉扯他的尾巴。

托比亞斯拱起腰來，肉穴跟著用力收縮，體內的巨物抽動兩下，在人類的低吟下，色慾的甜美全射進了他肚子裡。

前所未有的美味和飽足感讓地獄犬發出了呼嚕聲，像被點燃的火柴一樣，托比亞斯一下子控制不住，變成一團小火球。

天花板的火災警報器還發出了嗶嗶嗶的聲音。

喔，耶穌基督，他可能燒掉了他的人類。

托比亞斯迷迷糊糊地想著，本該被燒成焦炭的人類卻在火焰裡發出響亮的笑聲，從火焰之中湊上來，淫穢地吸吮他的下唇。

「乖孩子。」

第六章

誰是世界上最棒的狗狗？

托比亞斯曾經幻想過，他的破處經驗應該是跟個邪惡英俊如撒旦的魔鬼，在地獄的業火中（或在他堆滿髒衣服的單人床上）瘋狂地進行淫靡苟且之事……

而他和桃樂絲說他打算要上人間「破處」時，所謂的破處也只是譬喻、譬喻而已！因此按照原本的計畫來進行的話，此刻被召喚上人間的他本該在熊熊的烈火中嚎叫，接受軟弱無能的人類們全心全意的敬仰與崇拜。

然而他現在卻在這裡——在人間沒錯，卻在人類的床上、人類的雙腿間。

事情究竟怎麼會發展成這樣？

托比亞斯嘴裡塞著人類的屌然後細細地品味……不，是細細地思考著。

「你很喜歡對嗎，托比？」人類的聲音從頭頂上方傳來。

托比亞斯抬頭，利蘭正像拍色情影片一樣將自己被汗水沾溼的黑髮往後扒開，他的舌尖劃過紅豔豔的嘴唇，然後抿唇吸菸。

俊美已經不足以形容這個人類，上帝在創造利蘭時可能特意精雕細琢過，他或許是祂手工藝作品的巔峰了。

看著那白色的煙霧從人類的口中逸散而出，托比亞斯的肺和下腹就跟著一熱，彷彿煙吹進了他身體裡所有氣管和血管似的。然而，面對人類的問題，他卻無暇回應，因為他的嘴裡已經被塞得太滿。

就像利蘭所承諾的那樣，「正餐」之後緊接著來了「點心」。

托比亞斯匍匐在利蘭的雙腿間，幾乎著迷、痴迷地吸吮著嘴裡的深紅色肉棒。人類散發著色慾氣味的龜頭頂過他的上顎、他的喉嚨。

「唔……」托比亞斯嗚嗚嗯嗯，汗水讓他的瀏海蜷曲在額際。

可以的話，托比亞斯並不想承認這件事……但很遺憾的，他不得不說，嘴裡的東西還真是他這輩子吃過最美味的東西了。托比亞斯曾經以為他不會喜歡人類的精液或色慾這種東西，真的，畢竟每次經過馬努列斯房間，聞到濃濃的「性」的氣味時，他總是不屑一顧。

人類的性器到底有什麼好吃的？他從來都不懂，所以他一直認為馬努列斯是個吃東西很隨便的魔鬼。

人類的色慾怎麼會比他的小胡蘿蔔和 M&M's 還好吃？

然而，此時此刻的托比亞斯就像是被自己狠狠甩了一巴掌之後又被踢了蛋蛋……這個叫利蘭的人類讓他品嚐到了他從沒嚐過的滋味。

就好像嬰兒第一次吃到冰淇淋這種東西一樣，托比亞斯彷彿有生以來第一次明白什麼叫「真正的美味」，他就差沒露出哇喔！讚喔！再給我來點不然我就哭給你看喔的表情了……應該沒有。

「對，吸，用你的舌頭，少點牙齒。」利蘭放下他的菸，雙手放到托比亞斯的腦袋上輕輕撫摸，拇指還不斷蹭過他藏在頭髮裡的惡魔角。

托比亞斯渾身起雞皮疙瘩，人類灌進他體內的精液在他的顫抖下從臀縫間流了一些出來。托比亞斯感到著急，他覺得可惜，急忙想把那些東西「吃」回去，但又捨不得分心放棄嘴裡的東西。

人類太過香甜，這讓托比亞斯的口水流個不停，被龜頭頂到喉嚨時更是忍不住連淚水都一起流出來。他現在看起來一定像個邋遢的愛哭包，托比亞斯邊吸著口水和鼻水邊想。

但食慾大於羞恥心。

托比亞斯沒有抵抗，反而更加焦急貪婪地吸吮著嘴裡滾燙的器物，當人類放在他後腦杓上的手掌開始施力時，他的身心都開始吼叫著：哇喔！讚喔！再給我來點不然我就哭給你看喔！

他的虎口甚至迫不及待地圈在人類的性器上擠壓，直到人類發出滿足的呻吟聲。

利蘭雙手壓緊托比亞斯的後腦和後頸，挺腰在托比亞斯嘴裡抽插，毫不在意魔鬼是不是會被他堵到窒息。反正魔鬼的生命本來就沒人類那麼脆弱，而且他的魔鬼甚至連點反射性的嘔吐都沒表現出來。

「嗯哼……」動作開始粗暴起來，利蘭忘情呻吟。

被壓緊了後頸的托比亞斯眼眶裡冒著水，腿間原先疲軟的性器卻又硬邦邦地站起來，身上的雞皮疙瘩像是在列隊歡迎即將到來的事。

利蘭抓緊托比亞斯後腦杓上的頭髮的同時，他將色慾全射進了魔鬼的喉嚨裡。

托比亞斯緊緊抓著人類的大腿，他無法呼吸，喉頭卻貪心地吞嚥著不斷湧入的美味。他自已腿間的性器也不斷流著白液，輕輕顫動。

在人類好不容易要把他的性器抽出去時，托比亞斯的舌頭還依依不捨地貪戀著想追上去，是利蘭用食指頂住他的額頭阻止，被吮得熱燙燙的陰莖才得以從他嘴裡滑順地抽出。

托比亞斯終於得以呼吸，他像坨爛泥一樣，整隻魔鬼累到癱軟在利蘭的腿間，下意識地用手指捲著唇邊殘存的精液，然後像個寶寶一樣吸著手指，舌頭在嘴裡纏繞，繼續品味人類殘留的那點氣味。

托比亞斯從沒有一刻像現在這樣感到如此飽足和欣喜。

原來人類是這麼好吃的嗎？

「看，你全部吃光光了呢。」利蘭輕聲說道。

托比亞斯抬起眼來，人類白皙健碩的身體上浮著一層漂亮的粉紅色，賞心悅目，臉上還殘存著情色氣味的利蘭，笑起來時甚至讓插在花瓶裡枯萎的花都重新綻放……不對啊，那些花為什麼真的活過來了？

腦袋還沒有計算出答案，人類又丟了問題給他。

「是不是很喜歡？」利蘭重拾香菸，低下頭來看自己腿間的托比亞斯。

「喜歡……」疲憊的托比亞斯抹掉臉上的淚水和汗水，他知道掙扎是沒用的，反正最後從他嘴裡只會朗誦出一大段「讚美利蘭」誦，倒不如少費點說謊的力氣。「你現在笑起來很好看，所以……滿喜歡的吧。」

聞言，利蘭張大眼看著腿間的魔鬼，菸銜到了嘴邊卻沒抽。

而魔鬼只是自顧自地抹了把自己黏膩的腹部，然後舔了口手指，並且露出噁心的表情，似乎不能明白怎麼自己的精液就這麼難吃。

「文不對題。」利蘭將菸熄滅。

「什麼？」

「我是在問你喜不喜歡你的食物。」

「不喜歡的話我會吃到火燒厝嗎？」托比亞斯一臉莫名其妙，人類怎麼這麼愛問這麼顯而易見的事情。

利蘭又盯著他看，沉默不語，只是笑瞇了眼。

托比亞斯不知道那顆人類腦袋裡究竟在想些什麼，但對方的笑容又開始讓他打冷顫了。

吃飽喝足之後，他的胃不酸、頭不暈，身體也充滿力量，或許現在該是時候好好想想要怎麼從人類身邊脫身……托比亞斯心想，只是他才剛直起身體，就被人類一把按住後頸。

利蘭像拎小狗一樣把托比亞斯拎到懷裡，毫不客氣地使力將他輾壓進他的胸膛，並且用鼻尖和嘴唇親吻他。
「誰是世界上最棒的狗狗？嗯？你說，誰是世界上最棒的狗狗？」
臉頰幾乎要被利蘭吸起來吃掉的托比亞斯一頭霧水，同時也對利蘭的新問題感到相當不滿。在他委曲求全地乖乖吃完他的飯飯之後，人類竟然還問他這麼失禮的問題？
誰會知道誰是最棒的狗狗啊！
「你說啊，托比，你說。」
不過姑且一猜……
「呃，刻、刻耳伯洛斯嗎？」
老爸和老媽們總是愛碎唸隔壁家的刻耳伯洛斯有多厲害多厲害，年紀輕輕就是地獄犬界的菁英。
但是，等等，還是利蘭說的是鮑伯？他們家的三表哥，普通的地獄犬公務員，但老爸老媽們也說過他很優秀……
托比亞斯的思緒再度被忽然開始哈哈大笑的利蘭給打斷。人類趴在他身上，莫名其妙地笑得連肩膀都開始抖動。
幹，真的是有夠失禮。

到底誰是世界上最棒的狗狗？

這個問題無解，而靠在他身上笑到連菸都燒盡了也不在乎的利蘭似乎也不打算告訴他答案。

托比亞斯感覺很不爽。

如果回家問老爸和老媽們，他們會知道正確答案嗎？

「你真的是隻愚蠢的小笨狗耶。」終於止住笑的利蘭用手指抹掉眼角的淚花，直勾勾地看著托比亞斯，眼下散著睫毛的陰影，淚痣點綴在眼角相當誘人。

托比亞斯的尾巴蠢蠢欲動，他奮力ㄍㄧㄥ住。

不，別被人類漂亮的皮牽著鼻子走，托比亞斯。他抓住自己的尾巴，正經嚴肅地反駁道：「聽著，我是魔鬼，不是益智問答專家，你問的問題我不是全部都有辦法回答。」

利蘭挑眉，嘴角依然掛著笑，角落花瓶的花因為他的笑而綻放得更加豔麗。他輕哼了聲，用某種愉悅的語調問道：「那你的專長是什麼？」

好問題，這問題老爸和老媽們也常問他。

托比亞斯語塞。

「呃，就是、那個……當魔鬼？」還有各種球類運動。

沒想到人類聽了卻再度哈哈大笑，笑到彷彿托比亞斯本魔鬼不在場一樣。

「當魔鬼？你認真嗎？」

托比亞斯扁著嘴，惱怒的硝煙在頭上竄，他張嘴想反駁，卻又不知道從何反駁起。畢竟現在契約書落在對方手裡的是他，脖子上被繫了項圈的也是他，不只沒辦法燒掉對方，連要罵個耶穌基督都辦不到，還回不了家……

想到就委屈的托比亞斯羞窘得臉紅脖子粗，人類卻依舊笑得無法自拔。

「我是新手，如果再給我一次機會我會做得更好。」

「再給你一次機會？」人類笑到淚水在眼角凝聚，看起來很好吃。

「不然這樣吧，你把契約書還我，我重新擬一張給你，以茲證明。」托比亞斯腦筋動得快，趁著人類笑到快岔氣，他藉機提出再議。

結果人類馬上就緩過神來，眼睛也不眨一下地說：「不要。」

「為什麼不？」托比亞斯哀號，卻被長手長腳的人類勾進懷裡掐住後頸，拉住後腦杓上的頭髮。

托比亞斯被迫抬頭，香香的人類湊上來又往他臉上嘴上親了好幾口。他的胃裡像是有蝴蝶在飛，尾巴小幅度地搖晃起來。

「因為我很滿意啊。」利蘭用輕柔的語調說道，他的手指沿著托比亞斯的背脊往下，探入臀縫間，將溢出紅腫穴口的精水又塞回去。「雖然當魔鬼不行，不過作為寵物倒是非常適合。」

寵物？

居然說他是寵物？

怎麼膽敢說一隻偉大的 APEX 暗墮地獄犬是……喔，操，撒旦啊！為什麼這個人類會這麼好吃？

托比亞斯本該反駁，但人類的吻香甜可口，親得他暈頭轉向，更別說那根在他體內不斷抽插的手指，又緩慢又挑逗。

托比亞斯已經飽了，可是初嚐美味的他依然貪婪地想要更多。他無法自拔地將視線移往人類蟄伏於雙腿間的性器上，腦子裡喊著還要、還要更多！

「你還想再多吃點嗎？托比，我現在心情很好，可以把你餵得肚皮圓滾滾喔。」利蘭撫摸著托比亞斯的肚皮，托比亞斯卻只想哭。

人類毀了他被召喚上人間的初體驗不說，現在還想要毀掉他自豪的腹肌嗎？

才不要呢！才不要，才不……

托比亞斯含淚咬牙，最終卻管不住嘴和胃的誠實。

「還想……吃。」

「哼嗯，好喔。」一人類笑瞇了眼，角落花瓶上的花更加詭異絢爛地盛開綻放。

然後托比亞斯在他來到人間的第一晚，體驗到了被製成鵝肝前的鵝生前是怎麼被粗暴填塞食物的過程。

難怪那些吃鵝肝的饕客大多都在地獄裡晃。

嘴裡和屁股裡被射滿精液，眼淚鼻水直流的托比亞斯在飽到暈過去前心想。

——待在家裡不是很好嗎？上面多恐怖啊。

——你這麼小一隻，會被生吞活剝的。

——你就不要到時候被欺負了又跑來跟我們哭哭。

老爸和老媽們七嘴八舌、苦口婆心地對著他說教說個不停，而他的兩個兄弟正在旁邊哈哈大笑。

——打賭吉娃娃托比遇到惡神父一定會嚇到閃尿。

——我猜他會嚇到放火屁。

托比亞斯坐在餐桌上，氣到頭頂變成一座小型火山。是可忍，孰不可忍。他握緊拳頭，砰砰砰地敲著桌面，一邊吼著：耶穌基督、耶穌基督！

結果頭頂上的燈光一暗，他煩人的家人們不見了，只剩托比亞斯自己一人獨自坐在餐桌上。他吞吞口水，看向餐桌對面的那團黑暗。

——你在叫我嗎？托比……

男人的聲音響起，又低又響亮。餐桌那頭逐漸亮起，穿著一席黑衣羅馬領的神父坐在那頭笑咧了嘴，閃著苦艾酒般色澤的眼珠在黑暗裡發光。

——是不是肚子又餓了？

神父的舌頭舔過豔紅色的嘴唇，宛如蛇信般……

噗！

響亮的一記屁聲響起，火花轟然，托比亞斯從睡夢中被自己的火屁給嚇醒。

他眨著眼，過於明亮清澈的陽光從大面的落地窗外灑入，曬得他半邊身體直冒煙，然而餘悸猶存的他只是吸吸口水，抓抓屁股，好半天才翻身將自己滾到陰影處。

白煙平息，托比亞斯就這麼躺著，直到他緩過神，發現剛剛的夢不只是夢……

環顧四周，他不在自己雜亂的小房間內，托比亞斯依然被困在假神父那潔白明亮明顯是斂財買來的高級豪宅臥室內……

房間裡一片靜悄悄的，人類並不在房裡。

托比亞斯坐起身，看著自己圓圓的肚皮，懊惱地撓著頸項，卻摸到利蘭繫在上頭的項圈。一片狗牌不知道什麼時候跟著項圈一起掛上來，上面還刻著字，不過都寫了些什麼他看不見。

托比亞斯試著掙脫項圈，可是那項圈卻怎麼樣也拽不下來。

一番無用的激烈掙扎後，差點把自己勒死的托比亞斯摔下床去，發出轟然巨響。

歪七扭八地摔在地上，手指跟著卡在項圈上的托比亞斯只覺得自己又委屈又可憐。悲從中來的他吸吸鼻水想該該叫，怨嘆自己的魔鬼之路有多不順遂，房間外頭卻傳來了細碎的交談聲。

「你房間裡有人？」一個陌生的聲音問。

「關你屁事。」

利蘭的聲音讓托比亞斯噤聲。他渾身僵硬，小心翼翼地趴在地上不動，緊盯著房間的門看，彷彿下一秒利蘭就會從外面走進來，喊他是乖寶寶，然後性感地舔著嘴唇，用那雙修長的手解開皮帶，從褲子裡掏出那根巨大又漂亮的屌往他嘴裡……

好，托比亞斯有點想太遠了，但反正這事沒有發生。

利蘭沒有進房門性感掏屌，他只是在房外繼續和那陌生的聲音交談。

到底是誰在外面？

托比亞斯貼在地上不動聲色地豎起耳朵傾聽，利蘭持續和某個人在外面說話，聲音時大時小。

「男人？女人？」那聲音好奇地問：「慢著……是人嗎？」

簌簌簌，雞皮疙瘩忽然從托比亞斯的皮膚上冒出。

不知為何，那道陌生的聲音響起時總有種令人討厭的神聖感，彷彿隱隱約約能聽到遠處的天空有聖鐘在響，而邱比特們正圍繞著鐘聲飛舞，齊唱聖歌。

不是蓋的。

托比亞斯動了動耳朵，仔細傾聽的話隱約還能聽到像是鴿子翅膀拍動的撲騰聲，這很古怪，也讓他有了種很不好的預感。

說話能聽起來這麼討人厭的「東西」並不多。

下一秒，幾搓白色羽毛從門縫裡飄入，空氣裡突現花香，撓得托比亞斯鼻子發癢，噴嚏連連。

這是過敏反應，老爸說過，從小到大頭好壯壯的托比亞斯只對兩種東西過敏。

第一，鴿子。

第二，天使。

這兩者同樣嚇人、吵鬧又神經質，非常相似，但若門外站的不是一隻會說話又散發著做作花香的巨大鴿子，托比亞斯合理推測，那應該是隻——天使。

天使。

一群彷彿流氓和小混混般的傢伙，仗著上帝之名橫行天堂與人間，明明在人間也都淨幹些狗屁倒灶的鳥事，但在人間遇到魔鬼時還會不要臉地跑來搶地盤，欺負或勒贖魔鬼——至少托比亞斯是這麼聽說的。

在他上人間前，他還以為老爸老媽們搬出人間有一堆惡神父和流氓天使的這種說法只是為了嚇唬自己，不讓他上人間闖蕩而已……誰知道現在全讓他遇到了，運氣能有這麼不好嗎？

一想到外頭除了利蘭之外可能還站著一隻天使，托比亞斯就胃痛。而除了胃痛之外，他想破腦袋也想不明白，外面怎麼會站著天使？天使又怎麼會和普通人類在大白天直接進行對話？

利蘭到底是什麼人？

「別廢話，快說你來找我到底有什麼事？」利蘭的語氣聽上去開始不耐煩了。

「那個，就是，幾件事想問你。首先呢，聽說我們有信徒在告解時被揍……」天使倒是很客氣，語氣小心翼翼。

「嗯，我幹的。」

「為什麼！」

沒能聽懂利蘭和天使你一言我一語在客廳「閒聊」的話題，托比亞斯只能抱著頭在地毯上蠕動，無聲尖叫。

幾個恐怖的想法開始在他的腦海裡成型——有沒有可能，惡神父和天使們一直以來都是一夥的？

或許利蘭早和天使們做好交易，把他拐上人間的最終目的是想把他轉賣給天使，藉機換取什麼好處……他曾經聽老爸和老媽們說過，有些天使就愛折磨魔鬼這一味，也許他是落入了什麼陷阱。

這些想法讓托比亞斯的腦袋被冷汗浸溼，被自己的猜測嚇得驚慌失措的同時心裡又有點小小的失落。

他還以為人類有點喜歡他，覺得他很棒呢……畢竟利蘭一直稱讚他是乖孩子不是嗎？結果只是想把他賣掉所以哄騙他嗎？

委屈地撓撓發酸的鼻子，托比亞斯一下耷拉著耳朵，一下又豎起耳朵。

等等……不是啊，他有這些小情緒要做什麼？就算人類真的想把他賣掉又怎樣？他又沒有要待在人類身邊一輩子的意思。

反正無論如何他現在的首要任務都是找到自己的契約書撕毀，想辦法先遁回地獄找爸媽秀秀……不，是先遁回地獄修身養性，重新制定新的契約書，之後在人間捲土重來吧？

托比亞斯抹了把臉，回想自己真正的目的，重新振作起精神。

「你不能這樣亂揍信徒。」

「這會影響我們的業績……」

「為什麼？」

「你們的業績關我屁事啊？還有什麼事情趕快說吧，你占用我太多時間了。」

外頭的對話持續，一時半刻他們似乎沒有要進房間的意思。趁著利蘭在外頭被不知名的天使拖住，這似乎是個脫困的好時機。

下定決心，托比亞斯躡手躡腳地從地上爬起，四處逡巡著利蘭有可能藏著他的契約書的地方。

他敏銳地四處嗅聞著，只是無奈利蘭的臥室很簡約，除了家具和那個詭異的耶穌網美神像之外沒有什麼額外的擺飾，看上去毫無人味，聞起來也毫無人味。

臥室裡殘留的只有一點點情慾和色慾的香甜氣味……

吸了吸口水，在發現自己自豪的鼻子一點屁用也沒有後，托比亞斯開始翻找起他可以看見的任何一個抽屜衣櫃。

然而拉出來的抽屜通常都是空的，頂多放著一些古怪的文件、現金和一些香菸。

打開利蘭的衣櫃時更是讓托比亞斯嘆為觀止，人類的衣櫃裡清一色都是黑色的襯衫和長褲，連櫃子夾層裡都有一排整齊的羅馬領放置其中，彷彿他每天都必須穿著一模一樣的制服，然後出現在某處訛詐魔鬼……

這人類到底有什麼毛病？

不知道該說什麼的托比亞斯默默關上衣櫃。走投無路之際，他注意到床底下有一個公事包。

見獵心喜的托比亞斯鑽入床下將公事包拉出，打開，充滿希望的臉卻在看見裡頭的東西後一下子變得鐵青。

只見公事包裡放滿一堆上頭刻著十字架的手指虎、匕首、皮鞭，和一些長相詭異又有點淫穢，大概是刑具的東西。

地獄的魔鬼在折磨人類靈魂時的裝備可能都沒有這麼齊全。

看著自己被綁來時嘴裡塞著的口枷也在裡頭，噗的一聲，火光在托比亞斯的屁股後面冒出。

不只沒有找到契約書，還被嚇到又放了一點火屁出來，一想到這些東西被用在自己身上的可能性有多高，他就興奮地……不、不，是備感震怒與屈辱地直發抖，抖到公事包都不小心砰地一聲闔上，發出巨響。

糟了！

外頭的談話聲瞬間停滯。

托比亞斯僵直在原地，渾身緊繃，緊張地盯著門口望。光是隔著一扇門而已，他彷彿都能感受到利蘭正站在門外，用那雙駭人的綠色眼珠瞪向裡面，弄得他下腹發熱……

嗯？

「你到底藏了什麼東西在裡面？」果然，天使的注意力也再度挪回房內。

托比亞斯咕嘟一聲吞了口口水，為了防身，上人間之前他是特地在人類電影裡學了些三腳貓的功夫沒錯，對付其他小魔鬼可能還行，但要對付一隻天使外加根本開掛的人類利蘭？

他絕對還沒準備好。

要被天使發現了。

托比亞斯緊張得連尾巴毛都豎起，他開始被害妄想利蘭會帶領天使走入，然後拎著可憐的他，把他交給和流氓無賴一樣惡劣的天使欺負。

把他賣掉之後利蘭可能連一滴眼淚也不會流，還會哈哈大笑。

這狠心、冷血又性感無比的人類，不是還說要收他當寵物嗎……

自顧自幻想的托比亞斯搖搖頭。

不、不，身為終極 APEX 闇墮地獄犬怎麼能這麼想？雖然以各種意義來說，利蘭都是他重要的第一次的破處者，但人類就是人類，他們本來就不需要太多的情感交流，不是嗎？

他應該要自立自強，天涯何處無人類，只要他能躲過這一劫，外面還有大把大把的人類可以成為他的新主人……不，是新奴隸。

做好盤算，托比亞斯開始在腦內模擬。

等利蘭走進來後要先給他一記掃堂腿，然後再趁著後面的天使嚇得花容失色時一拳揍過去。

人類電影都是這麼演的。

托比亞斯熱身，對空揮拳，出腳掃堂，接著他一個踩空直接滑倒在地，咚的一聲。

「裡面的東西有點太活潑了吧？」

托比亞斯扶著腰急忙爬起身來，裝作什麼事情都沒發生。

算了，人類走進來時先給他一拳的可能性似乎比較大。按住摔痛的腰，托比亞斯思考著下一步該怎麼做才好。

也許逃走才是正確的選擇。

托比亞斯看著灑落大片陽光的落地窗，雖然他不喜歡被人間的太陽曝曬，但總比被人類教訓、被天使勒贖威脅還好。

動了逃跑念頭的托比亞斯起身正準備要跳窗逃生時，身體卻自動自發地往反方向走，然後撲通往床上一坐，手腳還乖巧地交疊併攏。

雙手放在膝蓋上，托比亞斯盯著門口，一臉莫名奇妙，冷汗直冒。他想逃走，他的身體卻不允許他逃走。

頸子上開始束緊，讓托比亞斯感到壓迫的項圈似乎在提醒他：乖乖聽話。

看來沒有找到那張該死的契約書撕毀，一切都是無意義的，逃跑也不行。後知後覺的托比亞斯陷入絕望。

這時，門外再度傳來利蘭的聲音。

「我說過這跟你沒關係吧？」

和托比亞斯的想像不太一樣，利蘭並沒有和大使狼狽為奸，嘻嘻地笑談著要賣掉他的事。相反的，面對天使，他的語氣還逐漸不悅了起來。

還沒聽過人類用這種語氣說話，托比亞斯抖了兩下，雞皮疙瘩爬滿全身，忍不住用鼻腔ㄏㄧ了幾聲。

如果是他，可能早閉嘴逃之夭夭了，天使卻不怕死地繼續追問：「你不是又開始找地下那些爛咖處理事情了吧？這次怎麼還養在房間裡了，讓我看……」

爛咖？天使才是爛咖啦……

轟的一聲，天使話還沒說完，整間房忽然像地震一樣搖晃起來。

「你在浪費我的時間，迦南。」利蘭低沉的聲音跟著地板一起震動，威嚴得像撒旦、像上帝、像……托比亞斯不知道他到底是什麼鬼東西。

「你、你、你先不要生氣，我只是問問而已……」天使的語氣也開始驚慌起來，托比亞斯甚至可以聽見鐘聲漸遠，原本唱著聖歌的邱比特們四處慌亂地奔跑尖叫。不過這天使似乎也滿白目的，話本該在這裡打住，他偏偏還要再加一句：「你父親叫你要去看心理諮商，處理一下你的情緒控管問題，你有去嗎？」

地面又是一陣轟隆作響，托比亞斯親眼見證昨天花瓶內盛開的花朵瞬間枯萎，原先萬里無雲的晴空在瞬間被厚重的烏雲籠罩，還泛著詭異的紅色，宛如末世。

「你再提那老傢伙一次試試。」利蘭沉聲，天邊雷聲跟著轟隆作響，一路響進托比亞斯心裡。

對話已經進行到一個和托比亞斯完全無關的地方，不過利蘭的聲音還是輕易地就能讓他渾身打顫，小弟弟硬硬……呃？

托比亞斯無言地看著自己光聽到人類威嚴的聲音就開始興奮的胯間。

不是，都這種時候了他是在興奮什麼啦？

「你下去！下去！」托比亞斯對自己抬頭挺胸的小兄弟喝斥道。
「我只是說說而已，你不覺得你最近越來越……」
「越來越怎樣？」
外頭傳來兩聲巨響，可能是雷打進來了，也可能是隕石，托比亞斯不確定，不過天使正在尖叫：「你拿擀麵棍幹嘛！放下來、放下！你不要過來，人類應該和天使維持社交安全距離，你不要……」
「越來越怎樣？你說。」
又是轟然巨響。
「啊！越來越美麗可以了吧？可以了吧！」
天使聽起來很崩潰，翅膀拍動的聲音響亮得像教堂前的鴿子齊飛。
「聽著，處理掉那些臭小鬼，答應你的報酬也一定會給你，我資料放在這裡就走，所以你不要再過來了……不要再……我翅膀和羽毛最近才美容過真的經不起折磨！」
然而，砰、砰、砰地好幾聲響動還有奔逃的聲音再次響起，混亂在一聲巨大的雷擊後才總算安靜下來。
鐘聲停滯，邱比特們也閉上嘴，門縫外頭射入的亮光嗖地一下不見了。

外頭一片靜悄悄的，末日烏雲退去，但床頭旁的花朵依然是死的。

一陣沉默後，托比亞斯聽見外頭的利蘭發出嘖的一聲，接著腳步聲再度響起，這次是往房間的方向走來。

喔，幹，完了，魔鬼末日，他還沒來得及跟老爸老媽們道別，魔鬼死了之後會再下地獄一次嗎？他被召喚來的時候吉吉還在房間裡，他的床現在會不會堆滿一堆屎尿啊？

托比亞斯腦袋裡混亂地思考著各式各樣不重要的事，直到他看見利蘭拉開房間門進入。

人類赤裸著上半身，下面只穿著一件睡褲而已。

托比亞斯滿臉鐵青地把視線從對方的腹肌往上移，看著利蘭那頭烏黑的秀髮上卡著的幾根白色羽毛，以及臉上那幾滴疑似是天使血的汙漬。

利蘭陰沉沉地把一疊文件夾丟到桌上，隨手抽出毛巾擦臉，嘴裡還碎唸著：「什麼年代了還在用紙本，一群老傢伙。」

天使似乎已經離開，托比亞斯想像中被賣掉的事情沒有發生……呼！看來他依然是人類的寵物和契約奴隸。

利蘭沒有要賣掉他，所以……

「你剛剛都在房間裡吵吵鬧鬧什麼呢，托比？」利蘭忽然從毛巾裡抬起臉來，盯著托比亞斯問。

對，幹！他依然是人類的寵物和契約奴隸。

「沒……沒有啊。」托比亞斯撇開視線。

「你在找你的契約書嗎？」利蘭卻問。

他笑魘如花，恐怖的那種「魘」。

「你在找你的契約書嗎？」

人類笑咧嘴，牙齒白森森，地獄犬心驚驚。

「沒……沒有啊。」托比亞斯的狗耳往後耷拉，尾巴夾在屁股後面。

「沒有，那你為什麼把我的公事包翻出來？」

屑特！

托比亞斯看著床下的公事包。他關上後明明有塞回去，但現在公事包正露出半邊臉對著他說：嗨，你死定了。

「我……我就好奇。」托比亞斯的心臟跳到喉嚨。

利蘭放下毛巾走來，他抿起紅潤的雙唇，撥著頭髮走近，彷彿在展示自己有多麼美麗、多麼可愛、多麼有當連續殺人魔的潛能。

讚美之詞溢滿喉頭，平常托比亞斯絕對會盡他所能地忍住他的所有稱讚，但現在保住小命要緊。

「你今天也很漂亮，美麗的人類，看看你那頭黑色的秀髮，哪買的洗髮精？對潮溼悶熱的天氣有用嗎？」托比亞斯以表演哈姆雷特般的舞台劇演法讚美對方。

「你說謊。」

「我沒有，你知道你自己有多漂亮，還有我真的需要知道你洗髮精在哪裡買的，你不知道地獄的天氣有多潮溼悶熱，我的頭髮總是很毛躁……」

「我不是在說那個。」利蘭咧嘴，從口袋裡拿出那張被折成四方形的契約書——托比亞斯的契約書。「你剛剛在找這個對不對？」

人類竟然將他的契約書隨身攜帶。托比亞斯受寵若驚，真的，嚇死的那種。

「我、我……」托比亞斯吞了口口水，天使和邱比特們的慘叫聲還在耳邊環繞，誰知道利蘭口袋裡會不會還藏著根擀麵棍？

「別說謊。」可是人類下令。

「我只是想看看契約書能不能撕毀，內容能不能改而已！」托比亞斯話一說完就伸手擋臉，他的腦袋或許不好，但臉滿帥的，必須保護。

只是他害怕地擋了半天，擀麵棍卻沒有一記敲下來。

呼，看來那不是擀麵棍。托比亞斯偷瞄了眼人類微微隆起的胯間，他又吞了口口水，不知道是被嚇壞還是有點嘴饞。

「當然不能。」利蘭沒有痛扁托比亞斯，只是把契約書收回口袋裡。「不用白費力氣想方設法撕毀我們的契約書，我不可能讓你有這個機會。」

眼睜睜看著自己的契約書被人類收進屁股口袋內，托比亞斯一臉失望地張著嘴，口水滴了一兩滴出來……

嘶嚕嚕嚕！托比亞斯把口水吸回去，他怎麼又盯著人類褲襠裡的擀麵棍看了？

「托比，眼睛抬起來。」利蘭雙手插腰，忽然出聲命令。

托比亞斯眼睛啪地一下黏到利蘭臉上，但他就是控制不住時不時去偷瞄對方那根藏在褲襠裡，香甜可口同時兼具殘暴凶猛的東西。

「知道嗎？你把我的房間翻得亂七八糟又說謊，我本來應該要好好教訓你一頓的……」

——好的好的，那用擀麵棍打屁股如何？

——閉嘴！托比亞斯。

——你才閉嘴！托比亞斯。

托比亞斯的內心像那些處男心臟一樣尖叫著，直到利蘭單膝爬上床緣才噤聲。床墊下沉的同時，他的心跟著沉了一下。

人類身上散發著各種色情的香氣，聞起來溫熱香甜，托比亞斯都可以想像自己舌頭黏在對方肌膚上ㄖㄨㄟ、ㄖㄨㄟ、ㄖㄨㄟ的觸感會是什麼。

「不過我喜歡你剛剛稱讚我又對我搖尾巴。」利蘭用手指捏住托比亞斯的下巴抬起，獎勵地在他嘴唇上用力親了一口。

托比亞斯的尾巴咻咻咻搖起來，身體本能地因為親吻感到飽足般的愉悅。他張開嘴尋求更多，利蘭卻在他吃他嘴唇吃得正香時往後退開。

利蘭起身，在他面前脫下褲子。

「又餓了嗎，托比？」

看著包裹在騷包的緊身內褲下的擀麵棍，托比亞斯猛吞口水，殷殷期盼著人類給他點甜頭吃吃。

但是人類卻逕自走向衣櫃，換上他燙得整整齊齊的黑色制服，戴上那代表足夠聖潔，能替上帝傳義講道的羅馬領。

「但是亂翻我的房間還是該得到教訓，所以今天早上禁食。」利蘭邊繫袖扣邊說。

「怎麼能這樣？」彷彿天崩地裂一樣，托比亞斯看著利蘭把他的美食收走，藏在禁慾的神父制服之下。「我要是餓死怎麼辦？」

「一餐不吃不會餓死，魔鬼也不會餓死，昨天餵食的分量應該也夠你飽很久。」利蘭梳著他的頭髮。

「但是、但是……」

「你想去面對牆壁罰站，思考你的錯誤行為嗎？」

「我去面對牆壁罰站的話會有早餐吃嗎？」

「沒有。」

「嗷嗷喔喔喔我要餓死了！」托比亞斯崩潰，一隻地獄犬在床上翻滾。

——幾分鐘後。

「對不起，你是對的，我是錯的，一餐不吃不會餓死，魔鬼也不會餓死，我不會再亂翻你的東西了。」

利蘭的公事包很快就派上用場，托比亞斯雙手高舉，被麻繩五花大綁掛在牆上面壁思過。

在利蘭拿著那嗡嗡作響布滿顆粒的按摩棒說要塞他奶嘴時，托比亞斯宣告投降。

「你向撒旦發誓你保證。」利蘭關掉按摩棒。

「別牽扯到我偉大美麗的撒旦……」

嗡嗡嗡嗡。

「我向撒旦發誓，我保證我之後會乖乖的。」

「乖孩子。」嗡嗡聲停下，利蘭終於把那根恐怖的東西收回他的公事包內。

「可以放我下來了嗎？」托比亞斯可憐兮兮地轉過頭去問，看著一身正裝照著鏡子整理衣服的利蘭。他像剛上鉤的魚一樣胡亂跳動。「你不是要把我綁在這裡一整天吧？會死啦，真的會死啦！牆壁很恐怖耶！」

「你為什麼不燒掉繩子就好？」利蘭頭也沒抬一下。

托比亞斯想了想，閉上嘴，默默自己一個人把繩子燒掉。不過，才剛落地而已，利蘭就往他腦袋上丟了幾件新衣服過來。

「穿上你的狗狗衣，托比。」

看著手裡的T恤、牛仔褲和上頭寫著洋基隊的棒球外套，托比亞斯還是忍不住小抱怨了一下：「我比較喜歡我的直達地獄限量版外套……」

「你如果想穿艾莎的冰雪女王服也可以，我也有買。」

托比亞斯穿上他的新衣服，戴上棒球帽，耳朵正好被遮了起來。面對鏡子，他看起來就像個普通的人類大學生。

雖然外套上繡的字他不喜歡，不過利蘭的品味滿好的。

晃著尾巴，托比亞斯問：「ＯＫ，穿好了，我可以回地獄了嗎？」

「當然不行。」利蘭點起一根菸，他的早餐似乎從這根菸開始。「你要跟我去上班，然後試著賺你自己的罐罐費，托比。」

◇◆◇

知道嗎？人間和地獄其實相差不了多少。

托比亞斯雙手插在口袋裡，亦步亦趨地跟在利蘭身後，自在地漫步在人間的街道上。

他還記得教科書裡寫的人間有多恐怖，綠草如茵、生機盎然，到處都是嶄新的生命、綻放的花朵、衝向山坡上邊轉圈邊唱歌的牧羊女。

現在看來似乎不是這麼一回事。

在人類和魔鬼的努力合作下，街上都是排放廢氣的汽車和工廠，空氣和地獄一樣散發著酸爽的氣味，路上的行人要嘛吐痰要嘛非常沒有禮貌地推開擋在前面拄拐杖的老爺爺。

「滾開，戀童癖。」

看著走在前面的利蘭不斷用手刀俐落地劈開擋在前面的人類，如同摩西分紅海般神奇地分開堵塞在人行道上的路人，托比亞斯對人間的評價意外上升了一咪咪。

除了太陽依然大到他需要上很多層防曬才不至於燒傷外，看看這個幾乎每十分鐘就出一次車禍的街道、四處布滿晃蕩遊民的角落還有一排排賣著高油高鹽高糖高致癌物的餐車……

托比亞斯簡直像到了遊樂園一樣。

「他們可以看見我嗎？」托比亞斯問。

「可以。」利蘭頭回也沒回。

「所以現在魔鬼都可以大剌剌地走在街道上了？」這是什麼超讚的世道？老爸老媽們還一直說上面有多恐怖，都是嚇唬他的。

「不，是因為我讓你看起來像人類。」利蘭轉過頭來笑了笑，伸手往他的狗牌上一挑。

OK，但人間可能有可怕的流氓惡神父這件事倒是沒有騙他。

托比亞斯不自在地勾著自己項圈上的狗牌，他的視線有幾度被賣冰淇淋的貨車給吸引，可是每當他想停留原地，頸子上的項圈就會被一股力量跟著往前拉。

這逼得托比亞斯不得不緊緊地跟在利蘭的屁股後面。

呃呃呃呃——盯著神父性感的大長腿和翹臀，吃不到真正的冰淇淋也舔不到神父胯間的東西，才剛對人間滿意了這麼幾秒的托比亞斯很快又想該該叫了。

他垂頭喪氣地盯著柏油路，只能在心裡期盼老爸老媽們已經注意到他的失蹤，並且帶著憤怒的地獄業火在尋找愛子的路途上了。

到時候地獄犬們會要你好看的，人類。

托比亞斯在內心哈哈哈地大笑著，並且在警車呼嘯而過時情不自禁地跟著警笛嗷嗚呼嘯。

「閉嘴！你這丟臉的小笨狗。」

——與此同時，地獄。

「有誰看到托比亞斯嗎？為什麼最近都不下來吃早餐？」加姆站在廚房詢問。

「沒有。」

「沒有。」

「大概又在房間裡打手槍，吉娃娃打手槍，哈、哈、哈！」

絲蘿們齊聲說道，其中帕絲蘿笑到打嗝，另外兩顆頭翻了翻白眼，繼續看她們的地獄時報。

今天的報紙頭條依然是那惡名昭彰的人間凶器——「魔鬼心惶惶！惡神父出沒各大人間熱門附身之地！」

「妳們也找個機會唸唸他，叫他不要老是待在房間裡當宅男或整天跑出去和路上的死靈們玩球，叫他好好跟他兩個哥哥學習，要不然去考個地獄看門犬執照也好啊。」加姆一邊在廚房忙碌一邊碎碎唸著。

「他才那麼小，出去被人欺負怎麼辦？」絲蘿們比著小拇指的一截。在她們看來，托比亞斯就這麼一丁點大而已。「你說他上人間遇到新聞說的那個惡神父，他能活得了嗎？」

魔鬼們面面相覷，隨後大笑起來。

「活不了吧？」

「大概兩秒就被拍死了。」

「有可能是自己嚇死的。」

絲蘿們笑到地板和桌面震動，加姆只是掩嘴笑了幾下，聳聳肩說：「好吧，至少找機會叫他整理一下房間，他房間亂死了。」

「托比亞斯！整理房間！」三顆頭齊齊喊道。

房間一陣靜默，不過沒有魔鬼在乎，在草草地管教完根本不在家的孩子後，地獄犬們就如同往常般繼續用起早餐來。

亞契開始覺得這份祕書的工作越來越難做了。

除了老闆常常鬧失蹤，還總有凶神惡煞的人找上門，最後哭著從辦公室出來要他幫忙安慰，又動不動就會出現詭異的神祕事件之外，這次好像又多了新的問題。

亞契雙手交疊，擔憂地看著他的老闆和跟在老闆身後的年輕男孩。

對方是高中生還是大學生？亞契不確定，看對方緊緊跟在利蘭屁股後面的模樣也不像是來委託的客人。

「這疊案件幫我消化一下，安排處理的時間。」利蘭將手上的紙本案件堆在亞契桌上。

這年頭到底還有誰會用紙本？亞契心想。

「要插件嗎？」他問，視線忍不住在夾著鵝毛的紙本檔案和後面的年輕男孩臉上來回打轉。

「先不用，讓那些死老頭麻煩一下我再去處理，你安排好行程再告訴我。」利蘭抽了根香菸出來，打火機卻點不上。「該死的……」

在老闆的心情從差變成超差之前，亞契趕緊拿出抽屜裡的打火機，老闆卻叼著香菸湊到男孩臉旁，勾著他的項圈（……項圈？）然後命令道：「托比。」

男孩自然而然地湊過去往香菸上吹了一口，菸神奇地點著了，利蘭也神奇地笑了。

「您要不要介紹一下？」亞契問，他用最保守的語氣問道：「這位是您的……」姪子？朋友？客戶？包養對象？Sugar baby？路邊隨手綁架來的有錢人的兒子？路邊隨手綁架來的看不順眼的路人？

「寵物。」利蘭吐了口白煙，他拍著男孩的腦袋，神情稍微舒緩了點。「我昨天不是跟你說過了嗎？」

「喔，寵物，那還真是讓人鬆了口……不是啊，為什麼會是寵物，不要開這種玩笑，您是跑去哪間俱樂部帶回來的嗎？需要還回去嗎？這會不會讓我惹上麻煩？警察會找上門嗎？」

「亞契。」

「嗯？」

「閉嘴，不然我會一拳揍在你臉上，推倒你整理好的書架，晚上再去養老院拔掉你奶奶的呼吸器。」

「好喔。」亞契閉上嘴，調整呼吸。

「不是，我不是寵物，至少不要在別人面前說。」年輕男孩對利蘭咕噥著，利蘭沒什麼想搭理他的意思，於是男孩開始自我介紹：「聽好，人類，我乃堂堂來自地獄的終極 APEX 闇墮地獄犬，我和這個人類簽訂了契約，降生於人間，而你應該共同臣服於……」

亞契恐慌症要發作了，但他不能說話，所以他只能焦慮地用眼神詢問老闆：所以是從精神病院綁架回來的病友？

利蘭哼了兩聲沒理人，他忙著吞雲吐霧，菸味卻像蓮花、像晨露。

「我乃托比亞斯——」

年輕男孩繼續宣布著，直到利蘭不耐煩地打斷他。

「叫他托比就好，他從今天開始會成為事務所的所犬，請幫我注意他的三餐和飲水狀況，如果我和他單獨待在辦公室裡時不要讓外人進來，至於你可以選擇要不要戴耳塞或忍受，因為他很會叫。另外請幫他額外弄個狗窩在旁邊，他煩的時候我可能會把他丟出來。」

利蘭抽完了菸，又拿出第二根。

「明白嗎？」

不，不明白。亞契心想，可是這就不是個對工作沒有熱誠的祕書該說的話了，所以他只是微笑並點頭。

「所以……」

年輕男孩坐在辦公椅上，從門口那一頭滑來亞契的辦公桌旁。他大剌剌地湊到亞契身邊，一顆頭直接貼過來和他一起看著電腦螢幕。

亞契正在挑選適合的辦公桌椅給他的新同事——托比。

幾分鐘前利蘭進了辦公室，然後把托比關在門外扔給他大眼瞪小眼。

亞契很好心地提供托比一張有滾輪的椅子，小朋友在辦公室裡四處滑動了大概十分鐘後，現在在這裡——

「你是從哪來的魔鬼？利蘭逼你簽了什麼契約？他一樣也要你工作換罐罐嗎？」

托比的問題很多，他身上有股被太陽烤熟的棉被香味。他瞇著眼，像是防止骨頭被搶走的小狗。

「呃，我是從上城區來的人類，我自願和老闆簽了僱傭契約，然後是的我需要工作換我的生活費。」亞契照實回答。

「所以你不是魔鬼。」

「不是。」

「喔，所以利蘭現在簽約的魔鬼只有我嗎？」托比張大眼，神情都跟著明亮起來。

亞契不知道要怎麼回答，但他讀過幾篇八卦雜誌的小文章，遇到精神病友應該要順著他的話去講。

「呃，我想是吧。」

「哈啊，是喔。」
托比有些得意地點著頭，他靠在亞契身旁，看起來沒有要離開的意思。這逼得已經有過社會歷練，對於社交冷場有一定程度恐懼的亞契不得不繼續他們的寒暄。
「所以，你今年幾歲呢？」
「三百零五歲。」
好，也許托比不是精神病友，只是個將自己設定為「來自地獄的三百零五歲偉大地獄犬」的中二青春期少年。
亞契明白的，誰沒有經歷過把自己設定為「右手封印著龍的力量有著黑暗過去的神祕少年」這種年紀？
「你呢，人類？」
托比很友善。
「二十八歲。」
「我還以為你至少有四十五歲。」
托比很白目。
亞契要替他的新同事托比訂一套用紙糊成的爛辦公桌椅。

「那麼，你知道裡面那傢伙幾歲嗎？」托比忽然小心翼翼地湊過來，在他耳邊偷偷問道。

亞契張嘴，又停住。被這麼一問他才想起他從沒關心過他的老闆究竟多大年紀、家裡有幾個人、結婚沒或交往過幾個伴侶這種事。

他真的不在乎。

「大概跟我差不多。」

「他年紀有你這麼大嗎？」

亞契在想，是不是應該額外訂個老鼠藥湊運費？

「嘿！老兄，你這裡有 M&M's 耶！我可以吃嗎？」

托比撕扯起亞契的下午茶，巧克力豆掉了滿地，聲音如雨聲般悅耳。

「你知道嗎？我有預感你會成為我在人間的桃樂絲。」托比大口大口地塞著巧克力豆。

「我甚至覺得你們可以成為好朋友。」

「誰是桃樂絲？」亞契不該問的。

「我的日記本，改天我可以介紹你們認識，只是你可能要小心點，畢竟她生前對老男人特別有興趣，不少老男人被她毒死又扒皮……」

利蘭辦公室的門被重新推開，亞契從沒這麼高興見到老闆過。

「亞契。」

「是？」

「我要去處理那個白爛詛咒娃娃的案子，準備一下。」

「好，馬上好。」

「地上為什麼都是巧克力？能不能注重一下辦公室清潔，掃乾淨好嗎？」利蘭走來，啪嚓啪嚓地把巧克力豆踩碎。

除了老鼠藥之外他應該再額外訂購砒霜湊滿千送百，亞契心想。

「還有你為什麼在看辦公桌？」利蘭皺眉，他手一伸，滑鼠點兩下，狗窩訂好了。

亞契不知道利蘭說要替托比準備狗窩時指的是真的狗窩，還是有屋頂那種。

托比咬著巧克力豆，看上去沒有意見，他唯一有的意見是：「嘿，美麗的人類，說真的，我肚子有點餓了，早餐不可以的話，我可不可以至少吃個早午……」

「不可以。」

利蘭二話不說拒絕，他一把將托比拎起，然後抓起車鑰匙。

車鑰匙打在早就伸長了手準備接鑰匙的亞契臉上，利蘭發出了呵呵兩聲。

這真的是件很邪門的事，從來沒有人能接到利蘭扔來的東西，他扔出的東西永遠會打到對方臉上。

「走吧，我們去賺你的罐罐。」心情變好的利蘭拎起托比的項圈往辦公室外走。

「但我是吃精液又不是吃罐罐……」托比在後面哀號，像正要被拖去屠宰的羔羊一樣。

「閉嘴！」

老闆和他的新員工之間的對話訊息量有點大，亞契手裡握著鑰匙，身為一個好員工，他決定裝作什麼都沒有聽到。

◇◆◇

自從妻子在古董店買下那隻娃娃後，彼得一家人就夜不成眠。

深夜裡，走廊深處會出現奇怪的腳步聲和哭聲，女兒會在半夜哭著跑來找他們，說一直看見有個可怕的男人站在床邊低頭看她睡覺，並且發出可怕的笑聲。

即使是平日，妻子獨自在家時也總會遇到一些異常狀況，明明家裡沒人，在外面曬衣服時卻總感覺屋裡有人正盯著她看。

當她順著視線望過去時，那隻她在古董店裡買下的娃娃就會赫然出現在窗邊，即使妻子再三確認過她早在先前就已經將娃娃放回女兒的房間裡了……

彼得的精神狀況也開始受到影響，他總是會夢見自己抱著娃娃，而娃娃在他身邊用低沉男人的聲音對他命令：殺了她們，殺了你的家人們，她們才能夠上天堂。

彼得手裡拿著鋒利的刀，對著妻子和女兒手起刀落，並且在噴濺的鮮血與尖叫聲中驚醒。

已經不只一兩次了，彼得在夜半時分驚醒時，發現自己手中真握著刀，懷裡還抱著那隻娃娃——

「伊莎貝拉。」

彼得沉重地唸出這串名字，坐在一旁的妻子含淚，女兒則呆滯地坐在沙發上，不知道在想什麼，直到他們聽見坐在對面的神父開始很不爽地碎碎唸。

「什麼白痴伊莎貝拉，為什麼不乾脆叫安娜貝爾２．０就好，這年頭的惡靈連抄襲都抄襲得這麼難看，浪費我時間……」

「然後呢？伊莎貝拉還幹了什麼事？」

神父不耐煩地按壓著他那高級的打火機，打火石啪嚓啪嚓響個不停，他身旁帶來的不知道是祭壇男孩還是普通助理還是有著奇怪關係的年輕男孩則雙眼亮晶晶地期待著他把故事繼續講下去，從一開始就是個很好的聽眾。

神父則不然……

「所以呢？那個娃娃到底在哪裡？」神父叼著菸，吞雲吐霧起來。

彼得開始懷疑介紹這神父給他的仲介是不是詐騙集團的人。

第九章

真正的恐怖

伊莎貝拉喜歡人類恐懼的氣味。

越恐懼越鮮美，如同羔羊鮮血般……

彼得將它從密封的古董箱內取出時，伊莎貝拉又嚐到了那股甜美的懼意。它沉靜地安坐在彼得的懷裡，吸食男人身上的懼意，在心裡兀自讚嘆。

只可惜彼得用白布蓋住了它的臉，看不見它臉上面露的淺淺微笑。

「這就是伊莎貝拉。」

彼得的聲音從上頭傳來，他似乎正在和誰說話。

又來了。

伊莎貝拉心想，它經驗老道，它知道彼得想幹什麼。

這已經不是它的第一個家庭，自它的靈魂寄存於這尊美麗的陶瓷娃娃起，它已經輾轉寄宿過許多家庭。

孩子們一開始看到它總是很開心，天天抱著它玩耍，直到它開始惡意地推倒他們，將他們推下陽台、推進池塘裡、推向馬路邊。

父母們也總以為它只是隻無害的娃娃，直到它開始以真實的樣貌現身在他們的夢裡、床邊、客廳沙發上或任何地方。

每到一個幸福快樂的新家庭，伊莎貝拉就想折磨他們，讓他們家破人亡，心裡永存恐懼與悲傷，而這些家庭總會妄想著尋求教會、靈媒、驅魔人的協助，期望能擺脫它的糾纏……

但只是徒勞無功而已。

「一開始我們以為是家裡鬧鬼，所以曾經請過幾位牧師和神父來驅魔，可是家裡的奇怪現象始終沒有停止。」彼得如同自言自語般說著，一邊解著綁在它身上的繩索。「曾經有幾位驅魔人，他們提過可能是伊莎貝拉身上有什麼古怪，他們認為她受到了詛咒。」

不是詛咒，而是魔鬼的祝福。

「我特地請人調查之後，發現原來娃娃最初的主人曾經是魔鬼的信徒……」

「真的？是誰？」有個聲音好奇地插嘴問。

「呃，我不太清楚。」彼得有點困擾地說：「我以為我請你們來就是要調查清楚這件事。」

終於，彼得掀開了伊莎貝拉頭上的白布。伊莎貝拉靜靜坐在他懷裡，用它又圓又大又藍的雙眼直視著這次的驅魔者——一臉不耐煩的年輕神父和他的，呃……跟班？

「這娃娃醜死了，品味有夠差，你們當初為什麼要買？」

一見到伊莎貝拉，神父臉上滿滿的都是嫌惡。他瞪向彼得一家人，大概是氣勢太強大，彼得和他太太被瞪得冷汗直流，他們同時將食指指向小女兒。

原先還在恍神的小女兒一下子張大眼，緊張地搖著頭說：「是伊莎貝拉叫我買她的！」

伊莎貝拉有點不爽。

好啊，都是它的錯嗎？現在全怪到它身上來了？

「這種爛娃娃丟掉不就好了，幹嘛特地請人驅魔？」神父碎碎唸著，居高臨下地瞪著伊莎貝拉，手上燒燃後的菸灰灑到了伊莎貝拉臉上。

伊莎貝拉想尖叫，但叫不出口，聖水都沒這麼痛。

「我們當然試過將她扔掉。」彼得解釋，他們一家人又重新恢復成那副死氣沉沉的陰鬱模樣。「但最後伊莎貝拉都會自己回到家裡，坐在她平常最常坐的位置上。」

是的，它並沒有這麼好擺ㄊㄨㄛ……

神父忽然一把掐住伊莎貝拉的脖子，一個眨眼將它用力扔出窗外。它先撞到庭院的樹，再摔到庭院的草堆裡。

伊莎貝拉躺在草地上，從沒這麼生氣過。

「我可以撿嗎？我應該要去撿吧？你丟了不是就是要我去撿嗎？」樓上有人在大叫。

「不要撿那種垃圾，托比……托比！」

沒多久伊莎貝拉就聽到有人咚咚地跑來，粗魯地將它從地上撿起。它被翻到正面，那個跟在神父身邊的紅髮男孩抓著它，一臉紅通通，異常興奮地喘息著。

男孩也不好好捧著它，而是將它銜在嘴裡，一路哼哧哼哧地搖擺著屁股將它帶回那該死都不好好聽人把話說完的神父身邊。

紅髮男孩將它吐在地上，伊莎貝拉美麗的秀髮沾滿男孩的口水。它躺在地上，因為受到羞辱而眼眶含淚。

「我不是叫你不要撿嗎？」神父斥責。

「可是、可是，你丟了，我就要撿，不是嗎？」紅髮男孩像剛嗑藥一樣，他興奮地直往神父身上蹭：「再丟一次，再丟一次怎麼樣？」

「我才不要，你這個丟臉的小笨狗。」神父雙手環胸，表情嫌惡卻沒像看著伊莎貝拉時這麼陰狠惡毒。

「為什麼不？你不覺得這個活動讓你的人生充滿意義嗎？」男孩搖晃神父。

「意義在哪裡？你是白痴嗎？」神父把嘴裡的白煙往男孩臉上吹，男孩盯著他紅潤的嘴唇，蹭著蹭著就越湊越近。

場面一度變得尷尬又古怪，瀰漫著一種黏呼呼的氣氛，彼得都忍不住要遮起老婆小孩的眼睛，然而前者撥開了丈夫的手，鼻翼賁張，臉色紅潤。

不是啊，說好的驅魔呢？

主角應該是它才對啊！

被遺忘在地上的伊莎貝拉滿肚子不悅，怒火在它湛藍色的玻璃眼珠內熊熊燃燒。它的怒氣讓客廳牆上的所有壁掛照片在一瞬間掉落，廚房的所有抽屜被瞬間打開，燈泡一亮一暗……

彼得一家驚恐地緊抱彼此，他們看向神父求救：「神父！」

伊莎貝拉期待著神父搬出聖經，搬出他們的天父來對付它，因為之前的驅魔人都這麼做過。但很快的，他們會發現上帝其實很懶，而天使都是一群好逸惡勞的流氓，沒有人會幫助他們。

看著神父沉下臉，嚴肅地盯著自己看，躺在地上的伊莎貝拉不再掩飾，它要為他們帶來恐懼。

緩慢地坐起身來，伊莎貝拉腦袋喀喀地轉動著，它瞪大它的玻璃眼珠，直直盯著神父看。

「神父……」

伊莎貝拉的嘴裡發出了老男人的聲音，那是它原身的聲音。

「你……」

又沒有等伊莎貝拉把話說完，神父直直走來，沒有從公事包裡掏出聖經或聖水，一腳踹過來將伊莎貝拉踢飛在牆上。

撞到牆的伊莎貝拉掉落在地板上，還沒反應過來，才剛坐起身，神父又尾隨過來。

「喂！等等……」

「我、在、說、話！」神父沒有等，他一腳又一腳踹在伊莎貝拉美麗的陶瓷臉頰上。

「等、等……我說、等……」

「誰、准、你、打、擾、了！」神父把它困在牆角圍毆。

彼得一家人尖叫起來，已經分不清楚是因為可怕的伊莎貝拉而尖叫，還是因為恐怖的神父而尖叫。

◇ ◆ ◇

也不是沒人想過要直接物理上摧毀伊莎貝拉。

一九二二年的辛克萊一家曾經試圖燒燬它，但沒有成功。

一九六四年的圖倫一家也曾經試圖用電鋸鋸開它，但沒有成功。

二〇〇一年的傑克遜一家則想將它丟進河裡，但最後它溼淋淋地重新出現在他們家的衣櫃裡，變得更可怕、更駭人。

伊莎貝拉是受過魔鬼祝福的惡靈。

它無堅不摧，無法被摧毀。

所以當二〇二二年的利蘭神父試著用物理方式摧毀它時，伊莎貝拉只想嘲笑神父，他所做的一切都只是徒勞無功……

伊莎貝拉原本是這麼想的，不過它現在有點笑不出來。

它狼狽地坐在庭院裡的一角，一頭美麗的捲髮此時沾滿了泥沙，潮溼又凌亂，精緻的陶瓷臉蛋則燒焦了一塊，漂亮的小洋裝也被撕扯破碎。

而神父正站在庭院的另一端，手持高爾夫球棍。

一旁的紅髮男孩像球僮一樣小心翼翼地將高爾夫球捧在手心，含進嘴裡……

「吐出來，誰讓你亂吃東西了！」神父扳開對方的嘴。

重新來過。

一旁的紅髮男孩像球僮一樣小心翼翼地將高爾夫球吐在地上，然後一臉痴迷地看著那顆球。

「不准追，不然明天也沒飯吃。」神父一邊威脅一邊擺好姿勢。

男孩在旁邊嗷嗷嗷地委屈叫著，也不見神父把他逼到角落猛踹。

砰！一聲，高爾夫球劃出完美的弧度，直接打在伊莎貝拉臉上，它倒地，百年來從未流過眼淚的它不爭氣地流了一滴眼淚出來。

物理上的折磨對伊莎貝拉來說不是問題，但心靈上的羞辱與折磨就是另外一回事了。

——時間回到十幾分鐘前。

那個叫利蘭的神父在狠狠踹了它一頓之後終於冷靜下來，這才稍稍給了它喘息的時間，只是當它對上神父的視線後，卻連大氣都不敢喘一聲。

逆著光的神父凝視著它，整張臉都是黑的，只看得到那雙苦艾酒色澤般的眼珠散發著詭異的光芒，這讓它感到窒息。

這是人類該有的姿態嗎？

神父伸出舌尖舔了口唇，他將散落的瀏海往後抹去後抬起頭，又恢復成原本的花容月貌。

「嗷嗚喔喔喔喔喔！」彼得一家……喔不，是神父帶來的男孩——托比，還在尖叫。

「你在跟人家湊什麼熱鬧？」利蘭翻白眼，在發洩完情緒後他又抽了根菸出來吞雲吐霧，絲毫不考慮還有小女孩在場。

「有人叫我就會跟著想叫。」男孩一臉嚴肅地說。

利蘭不予置評，他看向彼得一家，一臉不高興地問：「你們沒考慮過乾脆摧毀它嗎？」

「我們試過，但沒有用，伊莎貝拉無法被摧毀。」彼得臉色凝重。

來了，當人們遇到挫折，無法驅逐它，就會討論到物理摧毀的環節。伊莎貝拉的頭髮也許有點亂，臉上也有不少腳印，但這不妨礙它用懸疑且緩慢的節奏緩緩坐起。

它要讓人類知道他犯了多嚴重的錯誤。

「前幾個驅魔人說她受過魔鬼祝福，無堅不摧，破壞她將會受到詛咒反噬，魔鬼會找上門。」彼得說。

「我們原來可以做到這種事嗎？」托比看起來很訝異，他手上捧著一包 M&M'S，朗誦起：「我給予你祝福，請取代美麗的人類讓我填飽肚……」

神父啪地一下打掉托比手上的巧克力，巧克力豆灑了一地，讓他叫著滿地搜索逃跑的巧克力豆。

「魔鬼會找上門是不是？」利蘭咧起嘴角，笑得比魔鬼還像魔鬼。「好啊，正合我意，我們就來試試。」

伊莎貝拉沒有菊花，但神父朝它走來時，它那平滑的臀部真的縮了一下。

「無用之人，怎麼不向你天上軟弱的父親求助……」伊莎貝拉用低沉可怕的嗓音說著，試圖扒開神父心靈上最脆弱的那一塊，這是惡靈們慣用的伎倆。

只是比起伊莎貝拉物理上的無堅不摧，神父的無堅不摧可能是心理上的，或這個人類根本沒有心臟。

「你軟弱的父親拋棄了你是嗎……哎你不要再過來了！」伊莎貝拉邊威脅邊退後，卻還是制止不了邁開大長腿走來的神父。

利蘭一把抓起伊莎貝拉的頭髮，他將手上的菸捻熄在它臉上。

「你自己都說了祂軟弱不是嗎？我為什麼需要祂的幫忙？」

伊莎貝拉將尖叫哽在喉嚨裡，因為它不知道這個現在笑得像反派的神父下一秒會不會又痛毆它一頓。

「這白爛娃娃就交給我處理吧，我會把這裡的髒東西清乾淨，你們出去住一晚，明天回來就沒事了。」利蘭對著彼得一家人說：「記得委託費準時入帳……」

一旁的托比不停拉著他衣角。

利蘭不耐煩地瞪了托比一眼，最後還是對著彼得一家說道：「還有櫥櫃裡的 M&M's

我們也全都要了。」

彼得一家離開的時候，伊莎貝拉第一次產生了不捨的心情，如果時間能重來，它會好好對待這家人，和他們與魔鬼快樂生活，偶爾窺探彼得太太的薔薇日記……

但一切都太遲了。

伊莎貝拉生前就喜歡折磨別人，毆打、火燒、水淹……那帶給它無限的快感，生前它沒因為這些事情受到什麼報應，所以死後它依然作惡多端，甚至受到魔鬼的祝福。

想對付它的神父或驅魔人們大部分沒什麼用處，因為上帝和天使們跟公家機關一樣行政程序繁瑣，回應很慢。

所以它怎樣也沒料到自己有一天會被一個普通人類用同樣的方式折磨，它竟然還無法反抗。

「你喜歡這樣嗎？嗯？」

神父瘋了。

他將它壓在瓦斯爐上烘烤，火焰燒得它玻璃眼珠都開始扭曲融化。

伊莎貝拉試圖製造干擾，廚房裡的櫥櫃開始砰砰作響，刀具也在架子上蠢蠢欲動，結果神父抓著它的腳用力往桌上摔過來又摔過去，然後拉扯它的頭髮浸到彼得太太那懶女人沒放掉的髒洗碗水內。

「叫你的魔鬼出來啊！你這只敢躲在娃娃裡的王八蛋，以前不是很愛這樣折磨人嗎？自己被折磨了是不是也很享受？嗯，你要高潮了嗎？你每次都會高潮不是嗎？」

先別提為什麼神父會知道它生前的那些小癖好，伊莎貝拉被反覆火燒、浸水，根本沒時間回擊。

這也是為什麼他們最後會來到現在這個狀態……

在被高爾夫球集中第五次臉之後，伊莎貝拉倒地，嘴裡吐出髒水。

利蘭戴著從彼得抽屜裡幹走的昂貴墨鏡，站在遠處吸菸，手裡揮舞著彼得的高爾夫球棍，又一球打中了伊莎貝拉的臉。

托比則是抱著他的大碗坐在一旁吃著他的巧克力，一臉欣羨它能夠用臉一直接球的模樣。

◇
◆
◇

看著那顆圓圓白白的球在空中飛舞，托比亞斯嘴巴、牙齒、心裡就一陣癢。

真想接球啊……他心想。

可惜目前負責接球的不是他。

「啊！」

砰！

「等等……」

砰！

「不要再……啊！」

伊莎貝拉尖叫，它不斷被高爾夫球打倒在地，這讓托比亞斯看了很不是滋味。

明明他比伊莎貝拉更有資格接球……看看那個伊莎貝拉，它從沒有一次接到球過，每次球都精準地打到它臉上去，它還只會尖叫，然後被擊倒在地。

托比亞斯一臉恨鐵不成鋼的模樣，如果是他負責，他一定能好好接住球。

「我叫你不要再打了！」然而伊莎貝拉竟然還在抱怨。

真是身在福中不知福！托比亞斯心想。他坐立難安地跪坐在後面直盯著利蘭的背影看，發出哼哼聲試圖引起利蘭的注意。

但利蘭沒有理他，只是自顧自地邁開大長腿，旋轉身體，用優雅同時卻駭人的氣勢打著他的高爾夫。

看著利蘭那繃緊在黑色牛仔褲下的結實大腿和翹臀，還有隱藏在前方的擀麵棍，得不到關注的托比亞斯口水不小心滴了幾滴下來。

托比亞斯連忙擦嘴，他現在只覺得委屈。

以前他明明不需要這些東西的，可是人類的味道試過一次之後就回不去了，現在連他嘴裡嚼的巧克力都吃起來食之無味。

再怎麼甜的東西都沒有比利蘭的身體、唾液、皮膚或精液還要甜。

幻想著自己舔過對方肌膚的滋味，原本極度挑食又排斥的托比亞斯現在卻滿心只想被利蘭的擀麵棍打臉或幹進喉嚨裡餵飽。

這一切都是眼前這個香噴噴的人類害的。

托比亞斯注視著利蘭的背影，口水又嘩啦嘩啦地從嘴邊流下。他一度想不顧一切衝上去抱住對方要求他給點甜頭解解饞，一個吻也好，只可惜現在的利蘭實在有點難以接近……

「叫你的魔鬼出來啊！」

發現高爾夫球已經用罄的利蘭這次直接將手中的高爾夫球桿揮出去，球桿準確地擊中伊莎貝拉的臉，插在上頭。

倒在地上，臉凹了個洞的娃娃在流淚，但利蘭根本不在乎，他走過去將高爾夫球桿從它臉上拔起，一腳踩在伊莎貝拉臉上。

「你的魔鬼呢？嗯？為什麼還沒出來？」利蘭用腳根不斷反覆輾壓伊莎貝拉的臉。

伊莎貝拉吸著鼻水，用它最後的一點尊嚴說道：「等我的主人……到來……你、你會……後悔的。」

「我拭目以待啊。」利蘭將伊莎貝拉的臉踩進土裡，嘴角在笑，眼神裡卻全是殺氣。

「反正你有魔鬼，我也有魔鬼……托比！」

神父這樣喊，伊莎貝拉還以為自己會看到什麼可怕的妖魔鬼怪，但迎合神父呼喊跑來的只有那個正在擦口水的紅髮男孩。

「換我了嗎？換我了嗎？」托比亞斯一臉興奮地將自己整個人塞進利蘭懷裡，他那被利蘭隱藏起來的尾巴正在猛烈搖晃，從外人看來就像是在扭屁股一樣滑稽。

利蘭沉默，魔鬼脫序的行為則給了整個身體有一半陷在土裡的伊莎貝拉羞辱人的機會。

「這就是你的魔鬼嗎？神父，我看你是想笑掉魔鬼的大牙吧！」伊莎貝拉終於有機會發出不屑的邪惡笑……「啊啊！住、住手！」

又不給它把話說完的機會，身上還掛著托比亞斯的利蘭猛踹伊莎貝拉的臉，還將它整身洋裝撕裂，將它光溜溜赤裸裸，頭下腳上地插進土裡，只留它矮短的雙腿在空中無助晃動。

至於托比亞斯……

「坐下！你這小笨狗，要丟我多少臉！」

利蘭都還沒動手，托比亞斯的屁股就自動自發地黏到地板上坐著。有鑑於伊莎貝拉的下場，他抬起手就要護臉。

但利蘭只是從懷裡摸了根菸出來抽。

「誰說我們要玩球了？」利蘭抽了口菸，居高臨下地站在托比亞斯面前，胯間極度曖昧地距離托比亞斯的臉不到幾公分。

托比亞斯看得到吃不到，越想越委屈。

「可是你不讓我接球，也不讓我吃東西……這樣我很可憐啊！」他捶著草地該該叫，彷彿自己才是世界上最委屈的魔鬼。

可憐？這樣叫可憐？一旁上半身還插在泥土裡的伊莎貝拉只覺得龜懶趴火，它憤怒地握緊自己的小手手，用盡所有魔鬼的祝福，身體終於從土裡噴出。

神父不可理喻，魔鬼像個白痴。

不行，忍不下去了。

它必須召喚曾經給予它祝福的魔鬼降臨。

赤裸身體的伊莎貝拉飛昇至空中，嘴裡發出詭異低沉的呢喃聲，天空頓時被一片陰暗的橘紅色覆蓋。

狂風驟起，落葉凌亂地在空中形成漩渦，圍繞著他們瘋狂轉動。

「恐懼吧！人類，你將見識到真正的魔……」

「他媽的！你知不知道我頭髮吹了多久！」

空中的伊莎貝拉躲過飛來的高爾夫球桿，地面上頭髮被吹亂了還是很美的神父一臉陰沉，那雙苦艾酒色澤般的雙眸裡出現的，與其說是懼意，不如說是殺意。

伊莎貝拉不自覺地抖了一下，但它兀自鎮定下來，相信神父只是還不知道自己接下來將面對的是什麼。

落葉形成的漩渦逐漸在某處集中，一股無形的壓力襲來，就連坐在地上的托比亞斯都站了起來。

嗅著空氣中突現的氣味，托比亞斯一張臉皺了起來，急忙抱住正在挽袖子，氣勢凶猛的利蘭。

「慢著、慢著，我認得這個羊騷味，它真的召喚出魔鬼了！」

利蘭停下動作，他看了眼托比亞斯抱在他腰上的手，又看向一臉緊張的他。

「你認識？嗅得出來嗎？」

「算認識……吧？」

托比亞斯看著利蘭，不明白人類這時候怎麼還有心情笑得這麼美這麼邪惡，他知道自己將要面對的是一隻和他一樣貨真價實的魔鬼嗎？

而且是更有經驗的魔鬼。

「這個味道用泥土掩蓋我都認得。」托比亞斯表情忸怩又嫌惡。

彼得所言不假，伊莎貝拉受過魔鬼的祝福是真的，托比亞斯只是沒料到對方是他認識的魔鬼……

「知道名字嗎？」利蘭又問，聲音難得這麼溫柔。

「知道。」托比亞斯皺起臉，面色不善地盯著不遠處那逐漸變得血紅的泥地，像怕被聽到似的，偷偷靠在利蘭耳邊對他說：「是我的高中同學。」

同時也是托比亞斯高中時的惡夢——可惡的臭霸凌仔。

「羊頭魔鬼巴風特。」

第十章

你打下去啊

托比亞斯實在不願意回想自己那如同惡夢般的高中生活……

可能是在老媽們子宮裡時營養都被其他兩個兄弟瓜分掉了，即使對人類來說他是隻兩百公分的高大魔鬼，對地獄裡的其他魔鬼來說，他就是隻迷你版茶杯地獄犬。

兩個哥哥莫希流斯和馬努列斯卻相反，他們有老媽們的體魄、老爸的帥臉，在地獄裡是真正令人聞風喪膽的地獄犬，非常受其他魔鬼歡迎。

至於托比亞斯……托比亞斯站在他的兩個兄弟旁邊時，看起來更像地獄犬的寵物犬，就和布魯托之於米老鼠一樣。

正是因為這個原因，導致托比亞斯的高中生活悽慘無比。

就和人類孩子的高中一樣，學校裡總有一群特別受歡迎的孩子和被孤立的邊緣人。

莫希流斯、馬努列斯以及羊頭魔鬼巴風特屬於前面那群受歡迎的孩子，他們總是團體行動，作威作福，身邊圍繞著一堆淫魔啦啦隊。

托比亞斯屬於後者，那個午餐必須自己一個人坐在角落或廁所裡吃的魔鬼。兩個哥哥覺得他丟臉，都不願意跟他一起玩或一起行動就算了，還老愛和巴風特那群狐朋狗友一起欺負他。

托比亞斯的高中日常就是被取笑、被倒吊在樹上一整天、午餐時被用處男心臟砸臉、上廁所時被鎖在裡面潑聖水、體育課後又被偷了所有衣服，一路哭著把自己燒成火炬才有辦法赤裸著身體跑回家去。

對，畢竟是地獄，年輕的魔鬼和萬惡的人類高中生其實相差不遠。

嗅著空氣中那股羊騷味，不好的回憶噌噌噌地不斷竄上，托比亞斯不斷打著寒顫，胃都開始痛了。

「羊頭魔鬼巴風特是嗎？」利蘭問，他看起來還一副無所謂的模樣。「確定沒記錯？」

「害我高中念到一半輟學的魔鬼，我怎麼會不記得名字。」

「為什麼輟學？」

要老實說因為被霸凌所以哭著跑回家找爸媽秀秀然後就變成了百年家裡蹲嗎？托比亞斯怎麼樣都說不出口。身為來自地獄的終極 APEX 暗墮地獄犬，講出實話會更被人類瞧不起吧？

「就……不適應。」托比亞斯說得很含蓄。

利蘭瞇起眼，沒有要買帳的意思，好在這時那個正努力把自己的頭從土裡拔出來的伊莎貝拉說話了。

「趁現在下跪吧！人類，你們將見識真正的恐怖！」

天空一片赤紅，地面震盪，平地裂出大洞，伴隨著酸臭的騷氣，深淵裡發出嗡嗡聲響，有什麼東西要從裡面爬出來了。

托比亞斯在利蘭身後抖抖抖，好幾年沒見到高中同學，大家現在都已經是出來打拚多年，在人間有著一定名號的邪惡魔鬼了，他卻是被人類束著項圈奴役的寵物……

如果真的和巴風特打照面，他可能不只會被對方打扁再次吊到樹上，還會被他呼朋引伴來嘲弄吧？

所以可以的話……

托比亞斯認為現在的最佳策略是先行逃跑。

不過他的人類似乎沒有要按照他的計畫去進行，利蘭正凶猛地對著地面的裂縫大吼。

「你要爬就爬快一點，別浪費我時間！」

「不是，等等啦！」托比亞斯從後面緊緊抱著利蘭不讓他衝出去。

「放手，小笨狗。」利蘭轉過頭來看著他，眼神裡除了斥責之外，困惑更多。

「不行啦！那是隻真正的魔鬼，他可能會打扁你，把你四分五裂，然後把你的靈魂帶進地獄裡折磨！」托比亞斯不肯放手，他一臉緊張地看著利蘭說：「你這麼漂亮，魔鬼一定會對你做出很壞的事情，所以不行啦，你快逃跑！」

托比亞斯的腦海裡出現了很多不適宜的畫面，他的人類這麼香，會在地獄裡被怎麼對待實在不難猜測。

「你覺得我這麼漂亮嗎？」利蘭咧起嘴角這麼問，他轉過身一把扯住托比亞斯後腦杓上的頭髮，逼著他不得不放手往後弓腰。「世界上最漂亮嗎？」

利蘭另一手勾著托比亞斯的腰質問。

「啊？是啊，應該是吧。」托比亞斯摸不著頭緒，不過他確實沒看過比利蘭漂亮的人類或魔鬼。

利蘭笑露了一排整齊的白牙，淚痣點綴在他瞇起的狹長眼睛下，看起來極度性感。

「跟撒旦大概勉強可以比。」托比亞斯又補充。

利蘭的臉一下子垮掉。

「你這隻臭笨狗、小笨狗，有膽再說一次。」

「不是啊！現在不是說這些的時候吧！」

托比亞斯試著拉開身上的利蘭，而這時那來自地獄深淵的羊頭魔鬼——巴風特從地面裂縫之中爬了出來。

那個巨大的魔鬼像烏雲一樣籠罩他們，他身形強壯，渾身布滿黑色的毛髮，長著一顆駭人的羊頭，巨大的羊角蜷在臉邊。

「出、出來了！」托比亞斯臉色蒼白，巴風特遠比高中時期還要巨大。

以前老爸老媽說他不吃處男心臟會長不高，托比亞斯還當這些話是耳邊風，現在他後悔了，他後悔以前不聽老爸老媽的話好好吃飯。

「誰，膽敢……破壞魔鬼的，祝福。」巴風特鼻孔間噴著白色的熱氣，血紅色的羊眼散發著可怕的光芒。

看，巴風特連講話都像個真正的魔鬼。

「人類，盡情懺悔和求饒吧，但魔鬼不像上帝，不會給予寬恕的。」伊莎貝拉終於從泥土中將腦袋拔出，有了巴風特撐腰，它說話也大聲起來。

只是神父依然沒有像其他人類一樣顫抖哭吼，甚至連一聲尖叫也沒有，他瞪著伊莎貝拉，依舊滿滿殺意地說：「你以為喔？那老頭才不是那種聖人。」

伊莎貝拉又是那種菊花一縮的感覺，怎麼巴風特出現也沒消除神父帶來的恐懼？

「是你……嗎，人類。」巴風特居高臨下地盯著利蘭，他羊鼻一哼，腥羶的熱風吹亂了整地落葉。

利蘭拍掉頭髮和衣服上的落葉，他整張臉都是黑的，看上去在瀕臨爆發的邊緣。眼看人類可能要不知天高地厚地去和真魔鬼拚命，畢竟是和他簽約的人，雖然利蘭個性很差、奴役他又不跟他玩球，可是……

看了眼地上的巧克力豆，托比亞斯怕歸怕，還是吞了吞口水將利蘭往身後拉。

他決定站出去。

魔鬼最後還是必須由魔鬼來對付。

「聽好，巴風特，這是我托比亞斯的人類！」托比亞斯擋在利蘭面前，他雙眸和嘴裡都噴著火，讓自己看上去足夠嚇人。

巴風特卻用力哼了一聲，光是鼻息就差點把托比亞斯吹得東倒西歪。

「托……什麼？」

「托、托比亞斯。」完了完了，又要被脫光光倒吊在樹上了。
托比亞斯可能不小心放了點火屁出來。

◇◆◇

「托、托比亞斯。」

當那個迷你的，像小螞蟻的紅髮魔鬼報出名字時，巴風特心裡只想著一件事：托比亞斯，誰？

看著眼前的紅髮魔鬼，巴風特心裡是有點堵爛的。

怎麼難得的休假日他還要被一個他根本不記得祝福過的娃娃召喚來人間，然後處理一隻螞蟻大小的魔鬼？

如果知道自己成年後會天天被這些祝福過的傢伙召喚，處理一些不重要的小事，巴風特年輕時就不會這麼中二地到處去祝福，招攬小弟，然後再跟淫魔美眉們炫耀。

反正和淫魔美眉炫耀並且抱得美人歸後，她還是會成為家裡成天罵他懶惰不做家事的凶悍黃臉婆，然後逼他跑出門假裝要去出差實際上是去冥河邊釣靈魂……

說太多了，但總之巴風特很不爽他在冥河邊釣魚的休假日被打擾，尤其還是被一個叫做托比亞斯，看起來很弱的傢伙打擾。

「托比……亞斯？」

「是我啊！托比亞斯，你忘了嗎？我們是高中同學。」小魔鬼跳腳，揮舞著拳頭。

高中同學？

巴風特翻遍記憶，然後他想起了高中時期確實有這麼個紅髮的魯蛇魔鬼，整天跟在他哥哥們屁股後面跑，被欺負時又愛哇哇大哭……

「喔！」他想起來了：「莫希和馬努的，弟弟。」

「對、對。」

「我以前，常把你，吊在樹上……淹進，水裡呢。」巴風特捧著肚子哈哈大笑，他真懷念那些學生時代的老日子。

「舊、舊事就不要提了！我現在已經不一樣了，我是個獨當一面，和人類簽訂契約的魔鬼了。」托比亞斯焦急地辯解著。

但巴風特擦擦眼淚後，又板起臉來說：「所以，呢？」

他根本就不在乎托比亞斯怎樣，不過是個他已經忘得差不多的遜咖高中同學，他沒有敘舊的打算，只想趕快結束工作，然後回冥河去釣魚。

「主人！聽我說！神父聯合魔鬼荼毒了您的祝福，您必須替我復仇、替我血洗人間！」一隻頭髮凌亂，光著屁股的陶瓷娃娃在旁邊又跳又叫，全然沒有從前一點可怕的樣子。

巴風特一臉困惑，受過他祝福的惡靈怎麼會落得如此下場？

不過……這也不是重點，工作要快點結束才行。

「是你，對我的祝福，有什麼，不滿嗎？」巴風特用職業性的怒吼對著托比亞斯咆哮，他注意到托比亞斯將一個人類擋在身後。

人類和魔鬼站在一起，什麼狀況？

「還是，你的人類，自以為是，犯了大忌，以為他能，用魔鬼對抗魔鬼？」

人類穿著一襲黑衣，像影子一樣沉默寡言地站在托比亞斯背後，他沒有動作，但總給巴風特一種毛骨悚然的感覺。

毛骨悚然，他耶，一隻高級惡魔耶。

巴風特晃晃腦袋，打起精神用羊鼻吐出熱氣說：「一報還一報，他若……破壞了我的祝福，我必定要，撕碎他的靈魂，將他的靈魂拖入，地獄。」

他的吼叫讓地面為之震動，山林間的鳥獸爭相奔走。

但托比亞斯身後的人類不知道是不是瘋了，他幾度抄起高爾夫球棍，像是想試圖直接跟他武力對幹，是托比亞斯三番兩次擋在他不知天高地厚的人類前面。

「不是啦，他就不是你能對付的，你會被捏扁，靈魂被抓進地獄裡這樣那樣的，快跑啦！」

「那你呢？」

「我、我又死不了，而且又不是沒被倒吊在樹上過，還可以先擋擋吧？」

托比亞斯跟背後的人類貼在一起，黏膩地竊竊私語著。

巴風特瞇眼，這是魔鬼和他的契約奴隸應該要有的互動嗎？

「這、這人類是我托比亞斯在罩的，所、所以你要動他必須先過我這關。」明明剛剛都嚇到在放火屁了，紅髮魔鬼卻還是像隻吉娃娃一樣護在他的人類面前汪汪叫。

怪咖。

「我告訴你我這幾年在家都在鍛鍊的，如果你不想自討苦吃的話……」托比亞斯揮舞拳腳，然後把自己絆倒在地，不過他很快又爬起來，扶著腰對巴風特發出警告：「就……就把你的祝福收回，然後回地獄去！」

看著底下揮舞拳頭同時又雙腿顫抖的托比亞斯，巴風特深吸了口氣。他怎麼會在這裡和高中時代的魯蛇耗時間呢？

還是現在就一拳打扁他，綁在樹上，然後把他的人類靈魂拖下地獄當釣餌吧！

「廢話，少說了。」打定主意，巴風特怒吼，腥騷的熱風熄滅了不少托比亞斯身上的氣焰。

在巴風特面前，托比亞斯如同米粒般大。

「等、等等！我還沒準備好！」紅髮魔鬼大概終於知道可怕，或想起了高中時期悲慘的種種，他瞪大眼，不知所措，只有頭頂上的一簇火焰像垂死的燭光搖曳著。

陶瓷娃娃仰天大笑，羊頭魔鬼掄起拳頭，正要往托比亞斯頭上砸下，一道聲音卻鑽進了巴風特耳朵裡。

——巴風特。

巴風特停下手上的動作，那種讓魔鬼毛骨悚然的恐懼感再度爬滿全身，他身上的汗毛一一豎起。

抖得像吉娃娃一樣的托比亞斯身後一片黑，有股讓魔鬼感到很不舒服的氣場凝聚在那裡。

他低下頭時，托比亞斯身後的人類正好抬起眼來，那雙散發著瑰麗綠光的瞳孔像看進了他心底一樣，令人心驚。

——你確定你想跟我對著幹嗎？

那個聲音又鑽進他腦子裡，滲入骨髓之中，人類甚至沒有動嘴，他卻知道那是人類發出的警告聲。

——你敢打我的狗試試。

——我一定他媽幹爆你讓你三百年都下不了床，以後拄拐杖度日。

而且這警告非常的不文雅又不文明。

巴風特的拳頭僵在空中。只是個人類而已，他應該要無所畏懼的，可是那股從腳底席捲上來的恐懼感就是讓他遲遲下不了手。

那種恐懼就好像——他在短短一瞬間體會了那被幹爆後的三百年苦痛。

——巴風特，多麼蠢的名字。

——你明白拿到你的名字代表我還能做更多事嗎？

巴風特聽見獵食者舔唇的聲音，威脅滲入他的腦門裡，冷汗流出。

——打下去啊。

——你打啊，巴風特。

——打扁托比的腦袋。

——他有多慘，你就有多慘。

那個聲音甚至開始鼓吹他下手，低沉性感的嗓音在他頭殼裡轟隆作響，震動了他的瞳孔和眼珠。

此時，把自己縮成一團，準備挨打的托比亞斯在看到巴風特遲遲沒有動手，還面露恐懼的模樣後，膽子稍微大了點。

「你……你怕了吧？」

托比亞斯認為巴風特可能是被自己的氣勢嚇到了。

——打下去啊，你還在等什麼？

人類的語氣充滿挑釁。

「就……就和你說了我這幾年在家是有在練的！你如果不想被我一把火燒爛，就認輸快滾回地獄去吧！」

底下的紅髮魔鬼繼續對他叫囂，他身上噴出的地獄業火像火柴上的火，大概一捏就滅，根本不足為懼。

真的好想直接一拳打下去，可是……

巴風特吞了口唾沫，此刻的他注意到那個站在托比亞斯背後，雙手環胸瞪著他的人類身上穿著一席黑色的神父制服，羅馬領繫在頸子上卻沒一點神聖感，反而有種危險又禁慾的色情感。

神父。

這個詞讓巴風特想起最近在地獄裡很流行的新聞「惡神父勒索，魔鬼末日到來」。

這個神父會不會就是……那個神父？

——你覺得呢？

——你猜猜看我是不是啊？

——賭一把啊，我保證不管結果怎樣都會打死你。

神父在他的腦內發出震耳欲聾的笑聲，巴風特從沒聽過這種連魔鬼都覺得可怕的笑聲，他的菊花緊縮，冷汗如雨下。

「來、來啊！不是很厲害嗎？」托比亞斯愚蠢的叫囂已經變得不是這麼重要了。

雖然不知道神父到底是什麼來歷，可是魔鬼的本能正不斷警告巴風特，能把話說進魔鬼的腦袋裡，神父身上一定有什麼古怪，如果這一拳下去，絕對會有什麼恐怖的事情發生。

「你想怎樣？」極度的恐懼讓巴風特收起拳頭，他問。

這一問不只讓原本對他瘋狂膜拜的伊莎貝拉愣住了，連正得意忘形大聲叫囂的托比亞斯也愣住了。

「什、什麼？」

「主、主人？難不成您想丟棄您的祝……」

「閉嘴！」

巴風特對著伊莎貝拉怒吼，他看向托比亞斯，雙手環胸，比起一開始的凶猛氣勢，他的態度溫和上許多，講話也不再裝模作樣。

「我說你想要怎樣？」

沒料到巴風特真的被自己嚇到了，面對魔鬼的示弱，托比亞斯反倒不知道該怎麼辦了。他吞吞口水，偷偷往後傾身，低聲詢問他的人類：「噗嘶，喂，我想要什麼啊？」

身後的利蘭湊上前，雙手像蛇一樣環住他的腰，他在魔鬼耳邊低語：「你想要巴風特把他的祝福收回，然後為他以前做的事情道歉。」

「是、是嗎？」托比亞斯歪著腦袋，要是又不小心惹惱了巴風特，被一拳揍扁怎麼辦？

「是啊，你現在是隻嚇人的終極 APEX 闇墮地獄犬不是嗎？」可是利蘭這麼說，還親了他臉頰一口。

托比亞斯臉熱心悸，大概是太久沒吃東西了。

「說、說得也是。」托比亞斯僵硬地勾起嘴角，看著眼前巨大的魔鬼吞了口唾沫，遲疑地說道：「我要你收回你的祝福然後滾回地獄去……還、還有要為了以前的事情跟我道歉！」

「你要我為了以前的事情道歉？」巴風特用力哼了一聲。

「其實也不是一定要……」托比亞斯退縮，但他的人類在背後頂著他，讓他進退不得，他只好有禮貌地小聲說道：「麻煩你？」

巴風特很不爽，真正的魔鬼是不道歉的，他瞪著托比亞斯，雙眼腥紅地說：「我才不要為了過去那麼久的事……」

——他叫你道歉就道歉。

但那個聲音又來了，托比亞斯背後的人類幾乎要笑裂嘴。

巴風特的頸子忽然有股被掐住的窒息感，他身上有種被手指爬過的麻癢感，手指戳著他的喉嚨，一路往下蔓延到隱私部位……

——道歉或體驗痛苦。

——接下來被掐住的地方就不只是氣管了。

「我很抱歉過去這樣對您，霸凌是不應該的，我是個該死的霸凌仔，今天在這裡鄭重向您道歉。」巴風特流利地向托比亞斯道歉：「接下來請您大人不記小人過，讓我收回我的祝福，不再給您添麻煩。」

沒想到自己竟然真的被道歉了，托比亞斯瞪大眼，更加手足無措地說：「呃、喔，好，謝謝……」

托比亞斯被身後的人類踢了小腿。

「我是說，咳嗯！我原諒你。」

巴風特只是點了點頭，溫順異常，還怯懦地夾著腿。

「主人！主人，您不能就這樣收回祝福，這樣的話我會……」

沒有理會伊莎貝拉的叫喊，巴風特倏地伸出手指，長長的指尖戳到伊莎貝拉腦袋上說：「我收回我的祝福。」

啵的一聲，像泡泡破掉的聲音，伊莎貝拉瞬間倒地。

「好了。」巴風特收回手說。

「就這樣？」托比亞斯問。

「就這樣，不過……」

「主人、主人！」倒地的伊莎貝拉不斷叫著，卻動彈不得，就像隻真正的娃娃。

「不過它的靈魂會困在軀殼裡，抱歉，但我不想帶這種垃圾回地獄去，這是我的底線。」巴風特彬彬有禮地解釋著，他看著貼在托比亞斯背後的人類。

人類瞇起眼。

——好吧。

「所以，結束了？你要走了？」托比亞斯半信半疑。

「對。」巴風特不想繼續和托比亞斯耗，也不想被人類揪著弱點威脅，他逐漸往地面下沉。

打從一開始，接受召喚就是個錯誤，沒想到人間有個惡神父這種八卦雜誌會報的怪力亂神新聞是真的，巴風特這次真得到了一次教訓。

他看著滿臉詭異笑容的神父以及神父身邊跟著的紅髮魔鬼。

高中輟學的魯蛇怎麼會跟在人類身邊，也是件令人摸不著頭緒的事……

或許這個問題他該找時間回去問問他的老同學莫希和馬努？巴風特心想。

「喂，不是，至少帶走我吧？」伊莎貝拉尖叫。

巴風特看了眼倒在地上光著屁股的陶瓷娃娃。

「不要，你惹錯人了。」語畢他便遁入地面，天空的猩紅褪去，狂風驟停，空氣再度充滿青草和泥土的氣味，蟲鳴鳥叫著，祥和得像從來沒有魔鬼被召喚這種事發生過一樣。

伊莎貝拉躺在地上，絕望無助，這下它的靈魂正式被困在娃娃裡了。一想到自己可能永生永世被困在裡面就毛骨悚然，可是它怎麼也沒料到，更讓它毛骨悚然的還在後面。

神父忽然出現在他面前，一腳踩上他的臉，然後低頭對著它笑咧嘴，兩眼彎彎，要說有多恐怖就有多恐怖。

「你、你想做什麼？」

「還能說話，不錯啊。」

神父抓起伊莎貝拉的一隻腳，在空中猛甩，甩掉它身上的泥沙後，他看向還在狀況外的托比亞斯說：「工作結束了，我們回家吧，狗狗。」

◇
◆
◇

利蘭隨手將被膠帶封住嘴的伊莎貝拉扔進車廂裡上蓋。

他從懷裡掏出一根菸來，都還沒點上，轉過身就看見紅髮魔鬼直挺挺地貼在他身後。

「這不是彼得太太的車嗎？」

「是啊，有什麼問題嗎？」

「她有說要借你開走嗎？」

「沒有啊，有什麼問題嗎？」利蘭挑眉。

「呃，沒有。」托比亞斯依然傻愣愣地站在利蘭身後。

看著魔鬼在發呆，利蘭難得有耐心地問了句：「幹什麼？」

他讓托比亞斯幫他把香菸點燃，有托比亞斯之後他都不需要打火機了，這可能是他最意外的驚喜。

「我剛剛、剛剛是替你趕走了魔鬼嗎？」托比亞斯抬頭看著他問。

看魔鬼一臉不確定的模樣，利蘭沉默了會兒，將嘴裡的煙霧吐在魔鬼臉上，笑靨如花地說：「是啊，你替我趕走了魔鬼。」

「真的？真的？」

「真的，真的。」

看著人類的笑容，托比亞斯的尾巴跟著咻咻咻搖晃起來，他臉色變得紅潤，眼神也變得晶亮。紅髮魔鬼從原先的一臉呆滯變得洋洋得意，連胸膛都挺起來了。

「看吧，我說過我是地獄裡頂級的 APEX 闇墮地獄犬，連魔鬼都怕我。」托比亞斯攀著利蘭，把人類困在車前。「是說我剛剛真的很恐怖嗎？我有做得很棒嗎？你會給我獎勵嗎？」

看著托比亞斯不斷搖晃的尾巴，利蘭吸了口菸，魔鬼的愚笨大概也是這次意外的驚喜之一。

「你想要什麼獎勵？」利蘭一把抓住托比亞斯後腦杓上的髮絲，逼他仰視。利蘭將嘴裡的煙吐到魔鬼臉上。

「那你可以、可以……」魔鬼盯著人類的臉，他臉色紅暈，雙眼已被慾望占據。托比亞斯輕顫著將口袋裡的高爾夫球拿出來說：「你可以把這個丟出去，丟遠一點，讓我去撿嗎？」

利蘭瞪著興奮到冒煙的托比亞斯，比起把球丟出去，他更想把球塞進他嘴裡……或塞進另外一個地方。

第十一章

飽足

「臭笨狗，小笨狗。」利蘭喃喃自語，把手上的香菸彈掉，一把搶走托比亞斯手上的高爾夫球，伸手掐住他的後頸。

利蘭將高爾夫球丟出，丟得又高又遠，托比亞斯下一秒就想追，但被利蘭掐緊後頸不放。

「不，不准去撿。」

「噉！怎麼可以？我不是幫你趕跑魔鬼了嗎？你不是要給我獎勵嗎？」托比亞斯該該叫，卻被利蘭拖進副駕駛座內。

「我是要給你獎勵啊。」人類也跟著擠進副駕駛座，順手將車椅放平。

托比亞斯還在心心念念著那顆被丟遠的球，一回神就看見人類坐在他身上拉掉頸子上的羅馬領，一邊解開了褲頭。

有股好聞的味道開始飄散，脫下黑色外套又鬆開襯衫鈕扣的人類一把掐住他的臉，整個身體壓上來。

「你知道耶穌被釘在十字架上受難的時候，都沒有一個人願意挺身而出，代他受罰嗎？」

利蘭整個人覆在托比亞斯身上，托比亞斯的世界一瞬間變得黑暗，只能看見人類散發著詭異光芒的眼珠。

「你說，他當時如果也跟我一樣養隻忠心的小狗，小狗會不會出來代他受難呢？」

利蘭嘻嘻笑著，掐開托比亞斯的嘴。

明明就是隻不怕熱的地獄犬，利蘭身上的熱度還是讓托比亞斯震顫。他看見唾沫沿著人類嫣紅的嘴唇流下，像絲一樣滴進他嘴裡。

竟然給他吃口水……

這人類真的是太可惡、太羞辱魔鬼、太讓魔鬼喜歡……不、不，沒有喜歡，沒有喜歡吧？

溫熱黏滑的液體滴入嘴內，托比亞斯嚐到了色情的甜味，他的身體一下子熱起來，肚子餓得咕嚕咕嚕叫。

「肚子餓了嗎？你這隻小笨狗。」

◇
◆
◇

人類抽開皮帶的時候，皮帶在空中發出了啪的一聲，那聲音弄得托比亞斯耳朵直豎，雞皮疙瘩都跟著在皮膚上跳躍。

托比亞斯躺靠在椅背上，瞪大眼，看著人類胯間那蟄伏在布料之下香噴噴的隆起，下半身跟著一熱，總覺得有什麼不對勁的地方……有東西流出來了。

「呃、呃……」托比亞斯試著要爬起來，卻被利蘭一把按倒。

「你要去哪裡？」利蘭低聲問道。

「我覺得好像、好像哪裡怪怪的。」托比亞斯抓著衣襬和褲頭，不自在地扭動著，這一扭卻讓更多的熱度湧出。「我、我可以先去廁所一趟嗎？或旁邊草叢也可以，或電線桿，或……」

「啊，你在說這個嗎？」

「啊啊啊啊啊！放尊重點你這個充滿致命吸引力的性感獵豹！」

利蘭直接解開托比亞斯的褲頭，將他的褲子和內褲一把扯下，透明的熱液沾黏著托比亞斯的白色內褲溼了一整片。

托比亞斯的臀縫內不知何時變得一片溼滑。

「上次我稍微修改了一下你的契約書，這會讓餵食變得比較方便。」利蘭的手指攀到托比亞斯的膝蓋上，一路沿著大腿往下探進他的臀瓣內。

「不是，你可以隨便用契約書修改這種事情嗎？」

「可以啊，有什麼問題嗎？」

「我有很多……啊、啊！」

利蘭的中指在找到入口後便直接探入，深深埋入。托比亞斯繃緊大腿和臀部，整隻魔鬼被扳折在狹窄的車內。

「你看這樣不是很方便嗎？」利蘭笑咧嘴，修長的中指埋在托比亞斯體內不動。

托比亞斯頭皮發麻，身體裡的手指開始緩慢撤出時，他控制不住地縮緊後穴，絞緊對方的手指。

「讓我出去啊，只是手指也這麼貪吃。」人類斥責魔鬼，臉上的表情卻顯得愉悅。

托比亞斯眼睜睜看著利蘭的手指抽出時還牽連著透明的絲線，而他的臀內則湧出了更多熱液，似乎已經準備好接受更多的餵食。

「怎麼可以、怎麼可以隨便把人家的身體弄成這樣？」托比亞斯都要哭出來了，他的人類還沒心沒肺地笑著。

「我看你滿喜歡的啊。」利蘭用沾黏著淫水的手指抵住魔鬼勃起的性器。

「這又不是喜不喜歡的問題。」身上噴發著情色香氣的人類就在眼前，嘴饞到頭昏眼花的托比亞斯眼角含淚，身體倒是非常主動地張開腿，抬起腰來用臀部磨蹭起人類的大腿。

「確實不是。」利蘭瞇眼，他將中指抵在嘴唇上，紅豔的舌頭舔掉上頭的淫水。

托比亞斯猛吞口水，人類刻意慢下來的動作讓他焦急不已，他只好自己掰開大腿，哼哼地催促人類動作。

利蘭挑眉，在托比亞斯可憐兮兮的眼神哀求下，才終於掏出那根漂亮凶猛的凶器。

看著那根已經完全勃起通紅的肉棒，托比亞斯上面和下面的口水都跟著嘩啦啦直流，只可惜人類像是故意一樣，用沉甸甸的硬物壓在他的性器上磨蹭，就是遲遲不進入那個已經準備好的入口。

「想吃嗎？」利蘭握著紅豔豔的肉棒，不斷擠壓著托比亞斯的性器。

「給我、給我吃吧！」托比亞斯急了，掰開臀瓣就往上蹭。「不是說好要給我獎勵嗎？那就快給我，我等不下去了……等不下去了，求你。」

「好、好。」利蘭笑得很開心，他整個身體匍匐到魔鬼身上，托比亞斯幾乎被折成了兩半。

人類握著他的陰莖，沒花多久時間就擠到托比亞斯溼軟的穴口上，緩慢進入的同時，他低頭用力親吻他的魔鬼。

托比亞斯的嘴唇被人類嘬起的唇擠壓，和他的身體一樣，他覺得自己要被壓縮成肉團了。

「好吃嗎？」已經全部進到他身體裡的人類問。

托比亞斯答不上話，他和人類嵌在一起，那根粗長的硬物勾住他，沉甸甸地頂著他的肚子。

體內被撐開填滿到幾乎有點疼痛的程度，不過這種疼痛讓托比亞斯顯得更加興奮。

車內的溫度直線上升，熱煙在托比亞斯的皮膚上跳躍。

「不、不，別燒了車，忍住。」利蘭低聲說道，臉上的紅暈和笑意都讓托比亞斯的胃一陣騷動，他也說不清楚是好還是不好。

可是人類要他憋住，那他就憋住吧，這樣會得到更多好吃的東西嗎？

托比亞斯咬牙憋著從身體不斷冒出的熱氣，他伸手撫摸起自己的性器，試圖轉移注意力。

利蘭這次沒阻止他的動作，只是捧著他的臉，把他的臉擠壓成醜醜的一團，然後不斷親吻他。

沒搞懂人類為什麼這麼做，托比亞斯只是一腳勾著人類的腰，一腳在車內到處亂踩，尋找支撐點。人類的動作太慢，這逼得他不得不自己晃起腰。

他的屁股又溼又熱，怎麼會變成這樣他已經不是很想思考了，人類的那根直挺挺地硬在他體內，每一個小小的抽插都會讓他渾身雞皮疙瘩直冒，脊椎跟著打顫。

「吃慢點，不要急。」利蘭不知道他多餓，竟然還敢這麼說。

托比亞斯想回嘴，利蘭卻咬住他的下唇吸吮他的舌頭，把那股好吃的甜味和香氣不斷灌給他，讓他乖乖閉嘴。

魔鬼身體燙得皮沙發都要黏在皮膚上了，但他還是好好地聽話，忍住不燒車。他加快了撫慰自己性器的速度，射出來也許會好過點，不過他怎麼摸就是射不出來，高潮在某個尖銳的浪尖後又會退去。

「我想要……給我、給我。」托比亞斯開始向人類哀求。

「好啊，先親一個，來。」利蘭用鼻尖蹭著魔鬼的鼻尖。

剛剛不是都親很多下了嗎？為什麼還要再親一下？親了真的會把他想要的東西給他嗎？

托比亞斯腦袋混亂地想著。

但是人類要親親，他就親吧。

托比亞斯抬起下巴親了人類一口，親在嘴上，啵的一下，又溼又快速。

「哼嗯……」人類發出哼聲，似乎是在為這一吻打分數。

托比亞斯擔心不及格，匆匆忙忙又湊上去多吻了好幾下，每下都像在催促人類給他食物。

不知道第幾下的時候，人類終於笑出聲來，再次用力吻住剛親上來的托比亞斯，用全身的力量將他壓在椅背上。

托比亞斯的雙腿被利蘭架住，人類終於開始動起他那腰線極其色情的腰桿，整台車都開始隨著他的動作上下搖晃。

體內的肉棒淺淺抽出後又深深插入，咕啾咕啾的水聲、肉體碰撞聲和伊莎貝拉隱隱約約的「老天爺啊乾脆殺了我吧！」哀號聲混亂地在車內不斷響起。

托比亞斯又開始冒煙，神父再次挺入時，他一直射不出來的性器已經開始滴滴答答流出液體。

「不可以……不可以燒車喔。」利蘭邊咬著他的下巴邊警告他。

「唔……唔嗯！啊、啊、啊！」看著在自己身上喘息，瀏海散落在額際的人類，托比亞斯憋不住呻吟，也憋不住湧上的快感，射了自己一身。

利蘭依舊折著魔鬼的腰，像是要把他榨乾到剩最後一滴似的，顧不得晃到開始鳴警鈴的車，他猛烈抽插，直到魔鬼雙腿都緊緊勾住他的腰為止。

車內已經熱得都起了白霧，利蘭掐著魔鬼紅潤汗溼的臉，又重重吻上。圈在腰上的腿絞得更緊，死死咬住他的滾燙肉穴也是。

利蘭吸著托比亞斯的舌尖，在舒服到忍不住翻白眼的魔鬼體內射精。

最後，利蘭用力抽插了幾下，深吸了口氣才抬起頭來說：「乖孩子，真乖。」

托比亞斯的腰和大腿還在顫動著，他下意識地舔著嘴唇，清掃利蘭留下的唾沫，他的後穴依然緊緊咬著利蘭的性器不放，一直到利蘭抽出去都還依依不捨。

可惡，真的很好吃，太好吃了，這樣下去上癮的話怎麼辦？

托比亞斯一邊吸吮自己的手指，一邊用已經快被自己燒成糨糊的腦袋勉強思考，然而他可憐的腦袋依舊沒有想出任何解決辦法。

「都吃乾淨了，很餓啊。」利蘭用手指抽插著托比亞斯已經變得泥濘軟糯的肉穴，抽出手指後隨手拿布擦乾淨。

「結束了嗎？」看著利蘭將牛仔褲拉上，重新將鈕扣扣好，戴上羅馬領，托比亞斯一臉失望地撐起身體問：「沒有了嗎？」

「這麼貪心，還想要啊？」利蘭笑眯眼，他將垂落的瀏海向後抹去。

托比亞斯喘息著，後穴一陣痙攣。

「還想吃。」托比亞斯點頭，他坐起身，拉住利蘭的衣領親吻他。

人類看起來有點驚訝，不過並沒有拒絕魔鬼的吻，反而按住他的腦袋，舌尖靈活地竄入，直到親夠為止。

「好啊，托比，反正你今天表現得很好。」利蘭用手指磨蹭著托比亞斯的嘴，輕輕點頭說：「我們現在就回家去，讓我把你餵得胖胖的。」

托比亞斯含入利蘭的手指，注意到利蘭臉上露出滿意的笑，於是吸得更加熱情。

反正暫時也逃不了跑不掉，不如就……

初來乍到。

◇
◆
◇

托比亞斯在人間，日子過得有些失去了時間的概念，而且還過得有些……太舒適了。

雖然一開始吵著鬧著要回地獄，總覺得自己會被邪惡的人類苛刻對待、折磨到瘦成骷髏頭，但轉眼間幾天過去了，托比亞斯非但沒有受到什麼折磨，肚皮好像還長了點肉出來。

托比亞斯凝視著鏡中的自己，捏捏自己的肚皮和最近很容易跑出來的雙下巴，思考著自己最近是不是吃太多了？

不過這能怪他嗎？

鏡子裡的托比亞斯雙手環胸，驕傲地抬頭挺胸。

如果不是他在人間表現得這麼好，他的人類怎麼會一直不停地獎勵他呢？

托比亞斯對著鏡子裡的自己滿意地點頭。

長年家裡蹲的魔鬼自從上回嚇走巴風特之後就自信滿滿，這幾天跟著利蘭四處去賺所謂的罐罐，不管是什麼樣的妖魔鬼怪，只要他多看幾眼，似乎都能輕易嚇跑。

原來自己是這麼恐怖的嗎？

看來要成為終極APEX暗墮地獄犬並不是件多困難的事，他要付出的代價只是胖和脂肪肝而已，多運動就會沒事。

托比亞斯繼續在鏡子面前擺弄自以為帥氣的姿勢，用手指戳著頭上的惡魔角。短短幾天而已，不知道是不是錯覺，他總覺得自己的惡魔角跟著自信心一起膨脹了。

大概很快他的惡魔角就可以長得和他兩個蠢哥哥一樣又大又漂亮了，而到時候那兩個白痴就再也不能嘲笑他。

等他有機會找到契約書再回到地獄之後……

「姆哈、姆哈、姆……」

「托比！」

人類的叫喚聲打斷了托比亞斯的魔王笑聲，他豎起耳朵，搖晃尾巴衝出浴室。

利蘭已經甩著鑰匙等在門口了。

每天早上先跟著人類開車四處去兜風晃晃，把頭伸出窗外吹風，對著路邊的郵差隨便叫罵，再去辦公室找亞契，翻亞契的辦公桌，撕爛幾份文件，偷吃巧克力或肉乾，進到利蘭的辦公室磨蹭他的大腿，再討點零食吃。

這已經是魔鬼托比亞斯的日常行程了。

大概是身為頂級魔鬼的緣故，習慣人間生活對托比亞斯來說根本是不費吹灰之力的小事，其他魔鬼還總說在人間的工作有多辛苦呢……嘖嘖。

而且所謂的人間惡神父其實也不是真的多難相處。

「喂、喂！你看，你看我！」

「幹嘛，沒看到我在忙嗎？去外面找亞契玩。」

「不是啦，你先摸我，摸看看。」

托比亞斯湊在辦公桌旁，拉著正在滑手機看愚蠢狗狗影片的利蘭的手，往自己頭上放。

利蘭應付地摸了幾下。

「滿意了嗎？」他問，魔鬼卻還是一個勁兒地用腦袋往他手上蹭。

「你有摸到我的角嗎？是不是變大了，是不是？」

「好像有耶，好棒喔，你真棒。」利蘭並不是很在乎，語氣敷衍至極。

不過托比亞斯還是一下子亮了整張臉，平常被他隱藏起來的尾巴啪噠啪達地瘋狂搖擺，就好像利蘭的稱讚是什麼至高無上的獎勵一樣。

「是吧？你也這麼覺得對吧？」

利蘭支著臉看向跪趴在他腿間的魔鬼，他伸出手，魔鬼就會自動把頭蹭上來；他輕拍大腿，魔鬼就會自己坐上來。

「是啊，我也這麼覺得。」利蘭說，他用手指指著自己的嘴唇，魔鬼馬上就抱著他親上來。

前幾天還又哭又鬧要回地獄的魔鬼現在已經能聽懂他所有指令了。

被親吻著的利蘭嘴角忍不住越咧越開，他掐住托比亞斯的後頸主動親回去。今天早上其實已經餵食過一次了，不過對於表現好的小狗，給點零食也無所謂。

托比亞斯被利蘭抱上辦公桌，有零食可以吃，魔鬼自然欣喜若狂。他自動自發地解開上衣鈕扣，嘴裡正痴迷地吸吮著人類的嘴唇和舌頭。

身下的某處逐漸開始湧出熱流，托比亞斯被人類按在桌上，興奮地冒著熱煙。雖然不知道自己是做對了什麼有獎勵，不過……反正他是個很棒的魔鬼，被獎勵不意外吧？

托比亞斯舔著嘴唇上的唾沫，喘息著被人類翻過身，正要自己脫下褲子時，辦公室外卻傳來了敲門的聲音。

「那個，老闆……」說話的是從來不會打擾他用餐時間的亞契。

利蘭停下動作，有一瞬間，他聽到外頭原本的蟲鳴鳥叫都被轟隆雷聲取而代之，天好像一下子暗了下來。

「什麼事？」

「抱歉打擾，但有位客人堅持要見您，而且還帶了其他的朋友，說是要和您談上次的案子……還有您房間裡的東西？」

砰的一聲，托比亞斯親眼見到他趴著的辦公桌在他面前裂開，人類身上好像有什麼黑氣爆開一樣，連空氣都在扭動。

利蘭替托比亞斯將褲子提上，把魔鬼從桌上拎下。

托比亞斯一頭霧水，本來還想該該叫自己的獎勵怎麼沒了，結果在看到人類一張臉陰得跟天黑一樣時，他硬生生把話吞進嘴裡。

「是誰啊？要我出馬幫你教訓他們嗎？」托比亞斯問。

利蘭看了他一眼，人類沒對他露出笑意，總讓他覺得焦慮。

「不，你先回家吧。」

「回家？我要怎麼回家，我又沒考過人類的駕照……」

「不，不是回我家。」

利蘭伸手往下一指，托比亞斯跟著低下頭，一圈金黃色的召喚陣不知道什麼時候出現在他腳下。

「回地獄去吧，托比。」

「啊？」

利蘭再度用手指往下一指，托比亞斯連抬頭都來不及，整個人就被吸進召喚陣裡，而人類則頭也不回地逕自走出辦公室。

魔鬼像是溜一條很長的溜滑梯一樣，一路下墜，直到他墜落在他那張最熟悉的髒亂小床上。

咚的一聲，床隨著他的摔落而沉了一下，托比亞斯坐在髒衣服和被單之中，眼前的是正準備在他床上拉屎的吉吉。

托比亞斯看了眼窗外，又是熟悉的紅色天空、硫磺雨和充滿靈魂慘叫的街道。

他回來了，回地獄了？

就這樣？就這麼簡單嗎？

托比亞斯摸上自己的頸子，原本應該還在上頭的項圈不復存在，他本該要大笑出聲，為自己的脫困歡呼。

可是怎麼比起喜悅，他腦袋裡更多的是困惑？

他不是表現得很好嗎？人類不是一直說他很棒嗎？為什麼就這麼輕易把他送回了地獄呢？

難不成人類……不想要他了？

托比亞斯盯著天花板，召喚陣早已消失不見，彷彿從未有人類將他召喚上人間。

（未完待續）

新春特別番外篇

嗨，我是吉吉，我是一隻生活在地獄裡的超爆幹ㄅㄧㄤˋ吉娃娃。

嗨，我是吉吉，我是一隻生活在地獄裡的超爆幹ㄅㄧㄤˋ吉娃娃。

我在地獄裡的生活準則就是：我他媽什麼都不在乎。

今天，我要來介紹我在地獄裡的一天生活行程……

什麼？

你問我怎麼會生活在地獄裡？

有人叫你插嘴了嗎？

「嘎嚕嚕嚕……」

「吉吉，你在對著誰凶？」一個人高馬大的壯漢走了過來，左右張望，他低頭看著我，一臉不解地歪著他的狗頭對我說：「托比亞斯又不在家。」

我吐著舌頭哈氣，搖晃尾巴。

嗨，我是吉吉，我是一隻生活在地獄裡的超爆幹ㄅㄧㄤˋ吉娃娃。

讓我來介紹一下，這位狗頭人身的男人是加姆，撿我回家的魔鬼——地獄犬之家的男主人加姆。

對於我是如何下地獄的原因，我印象已經有點模糊了，依稀只記得我在地獄裡張開眼睛之前，本來正和主人在馬路上散步，而馬路對面有隻看起來很挑釁的鴿子正張大牠醜陋的眼珠子瞪著我看。

我呼嚕衝過馬路要去教訓牠，結果卻被主人拉住了。

我很不爽，於是回家時我在主人的床上撒了泡尿，吃了他櫃子裡的所有零食，咬爛了他的襪子，還順道去咬了主人平常叫我不准咬的電線……

然後蹦！我就出現在地獄裡了。

我也不知道為什麼我會下地獄，但也許就像那些老愛看著我，說些像是「吉娃娃根本是地獄惡魔犬」這種廢話的人類說的一樣……我真的是一隻天殺的超爆幹ㄅㄧㄤˋ地獄惡魔犬。

總之，當我在地獄裡逛大街，對著路邊的某個我看不順眼的魔鬼撒尿時，是加姆發現了我，把我抱回家飼養。

現在我有了愛我的新主人，還不會阻止我去攻擊鴿子（對，鴿子也是來自地獄的產物，看看牠們的醜臉！不夠地獄嗎？），或是攻擊那些從人間墜入地獄的人類靈魂。

「喔看看你多可愛，多可愛，眼睛都要掉出來了。」加姆蹲下來揉著我的臉。

我喜歡加姆，他知道我有多可愛，我他媽是世界上最可愛的生物了好嗎？我放任他摸著，舌頭斜掛在嘴邊，讓他觀賞我的美顏盛世。

加姆把我抱起來，餵我吃了根人類手指，一邊碎碎唸著：「說到托比亞斯，那孩子最近都不知道跑哪裡去了，你有看到他嗎，吉吉？」

誰他媽在乎那個三百零五歲了都還蹲在家裡的傢伙啊？

我嘎啦嘎啦地啃著人類的手指，下地獄前我最喜歡的就是啃人類手指。我恨人類、恨全世界、恨所有東西，但喜歡人類手指，這沒有衝突。

「乖吉吉，吃完手指可以去他房間幫我看看他在不在嗎？如果在的話叫他下來，準備吃晚餐了。」加姆把我放了下來，拍我的腦袋。

我試著翻白眼，但翻白眼會讓我的眼珠掉出來，所以我只能嘎嘎地咳了兩聲，一副要吐不吐的模樣。

可惜這招對加姆並沒有用，加姆拍著我的屁股催促我，我只能認命地轉身往樓上走去，反正我現在有點便意。

我一路踏著雄壯威武的步伐往樓上走去。

吉吉、吉吉——他媽什麼都不在乎的吉吉～

天殺的地獄惡魔犬吉吉～吉、吉吉吉～

我呼哈呼哈地哼著我的主題曲，滿臉口水地銜著手指，一邊搖晃著尾巴，一邊用前腳扒開了托比亞斯的房門。

哼嗯……托比亞斯。

該怎麼介紹這傢伙呢？

你知道的，一個大家庭裡總是會有一個扶不起的米蟲，靠爸媽的可憐小寶寶。托比亞斯就是那隻米蟲兼可憐小寶寶，又笨又愚蠢，還一天到晚想對我訓話。

當初加姆將我帶回家時，還跟我說：「以後托比亞斯就是你的哥哥了，你們要好好相處。」

害我當場吐了一地……雖然主要的嘔吐原因可能是我幾秒前不小心吃掉了托比亞斯的襪子，不過想到要把托比亞斯這蠢蛋當成哥哥，還是讓人生理不適。

我才應該當哥哥吧？

喔，不，當托比亞斯的哥哥也滿噁心的。

我應該當一家之主，或地獄的王。

吉娃娃之王！

對，這聽起來才對。

我走進托比亞斯的房間裡，左右張望，托比亞斯並不在他的房間裡。

這傢伙失蹤很多天了，沒人知道他跑去哪裡，也沒有人關心。畢竟托比亞斯就算再笨再蠢，終究還是隻魔鬼，地獄裡的頂端獵食者。

一般來說，除非托比亞斯真的衰到極致，倒了八輩子的楣，否則要遇到更高級的獵食者，實在是難上加難。

如果真的遇到了，頂多被痛扁個幾下而已吧？反正魔鬼是不會死的。

我爬上了托比亞斯平常禁止我上去的床，一個翻滾露肚，他媽躺爆。

在用托比亞斯的枕頭磨蹭了我的屁股，讓他的床全部染上我的氣味之後，我抓抓癢，又跳上了他的書桌。

我呼嚕呼嚕地舔起鼻頭，說時遲那時快，那個消失了一陣子的托比亞斯忽然從天花板上掉了下來，砸在床上。

我搖著尾巴轉過頭去，開始對著托比亞斯汪汪叫。

托比亞斯抬起頭來，呆愣地看著我。我還以為他又會吵著要我下去，但沒多久後，這蠢蛋開始眼眶淚光閃爍，表情委屈地喊著我的名字：「吉吉！」

怎樣？小婊子，想打架嗎？

來啊！來！來！

我戰鬥慾望猛烈，那個蠢蛋托比亞斯卻伸出手來抱住我，把我猛地按進懷裡磨蹭。

「吉吉！嗚嗚嗚……我沒想過我會這麼說，但我真的好開心見到你，那傢伙終於肯放我回來了……」托比亞斯哭得眼淚鼻涕直流。「你不會相信我遇到了什麼事，還有那傢伙都對我做了些什麼……」

誰？什麼？

我用前腳推開托比亞斯的臉，這才看清楚對方的模樣。托比亞斯頭髮凌亂，嘴唇紅腫，身上還纏繞著一股來自他人，某種很古怪、很凶猛的氣味……還有一絲絲的，嗯？交配的氣味？

我歪頭，看著托比亞斯，不知道他身上究竟發生了什麼事。我輕輕地舔了舔鼻子，難得沒有立刻凶悍地衝上前去啃咬他的鼻子。

「你居然願意聽我說嗎？」托比亞斯一臉感激地看著我。

我舔了舔托比亞斯的手指，讓他放鬆下來。

「喔，吉吉，謝謝你安慰我，我想我之前錯怪你了，你其實是一隻很體貼、很在乎我的……」

沒等托比亞斯把話說完，我衝上去嘎啦嘎啦嘎啦地猛咬了一頓他的鼻子，直到他尖叫著把我丟開為止。

我跳下床，不顧摀住鼻子該該叫的托比亞斯，在他的髒衣服堆裡轉了一圈，拉了一坨屎，在他憤怒地大吼著「——吉吉！」時，身心舒暢地用後腳將我的便便埋了起來。

離開托比亞斯的房間前，我轉頭看向他，瞇眼咧嘴。

我是吉吉，生活在地獄裡的超爆幹ㄅㄧㄤˋ吉娃娃，我不在乎，我什麼都他媽的不在乎，ＯＫ？

還有記得下去吃晚餐，小婊子。

最後看了他一眼，我舌頭吐在嘴邊，抬頭挺胸，哈哧哈哧地踏步下樓，繼續哼唱著屬於我的主題曲——

吉吉、吉吉——他媽什麼都不在乎的吉吉～

天殺的地獄惡魔犬吉吉～吉、吉吉吉～

限定新寫番外篇

伊莎貝拉的受難

伊莎貝拉不知道惹上一個神父後，自己的娃生會變得如此悽慘。

車子又開始不斷搖晃，警鈴聲跟著發出ㄤㄤㄤ的聲響，狹窄的後車廂內熱氣蒸騰，魔鬼的呻吟和警鈴聲混雜在一起。

雖然被關在狹小的後車廂內，但從車子上下晃動的頻率來看，鬼都知道車裡正在發生什麼苟且的事情。

而且不是一次，這已經是第二次了。

伊莎貝拉覺得自己要瘋了，偏偏現在的它只是個困在陶瓷娃娃裡的靈魂而已，什麼事都沒辦法做，甚至連嘴個幾句都辦不到。

誰知道會不會說錯什麼話就又被神父丟進熱鍋裡煮，或丟進水泥車裡攪。

它只能安靜地、悲慘地待在後車廂內，承受著那兩個下流傢伙的重量……是的，承受著。

「太、太深了……喜歡、喜歡。」

魔鬼的聲音這次很近，就在後車廂上方。

在後車廂內的伊莎貝拉把臉埋進彼得太太那堆封面是兩個強壯的消防員、警察或黑道男性抱在一起的詭異羅曼史小說內，都還能清楚聽見。

「好滿……都要頂到肚子裡了，啊、啊……啊嗯！好好吃！」

基本上，魔鬼在呻吟的內容也和那堆男男羅曼史小說裡的台詞差不多。

「貪吃的小狗……」神父的嗓音低沉，後車廂的搖晃頻率開始從海盜船變成雲霄飛車。

「啊、啊、啊！」

「ㄤ、ㄤ、ㄤ！」

那是魔鬼的叫聲還是汽車的警鈴聲伊莎貝拉已經分不清楚了，車廂內熱度高得像烤箱一樣，隱約還能看到車廂被燒紅的痕跡。

「你想用上面的嘴吃還是下面的嘴吃？」神父喘息，嘴吐淫穢。

伊莎貝拉不信上帝，不過此時此刻，它第一次試圖用手點劃十字，虔誠地祈求上帝下凡來收拾祂的子民。

不過理所當然的，上帝完全沒鳥它的祈禱。

「上面……不，下面……不、不，還是上面好了……嗯、嗯……等等，還、還是……」魔鬼選擇障礙。

伊莎貝拉翻著白眼，神父嘖了一聲，魔鬼的呻吟隨著忽然更加劇烈晃動的車廂變得像是慘叫聲。

祈禱、祈禱，再祈禱。

伊莎貝拉祈求著是神父改變了心意，決定從幹魔鬼變成狠揍魔鬼一頓。

「啊！嗯啊！要死了！救命……喜歡！」不過聽著魔鬼語尾飄出愛心的慘叫，伊莎貝拉知道自己的祈禱失敗了。

它只能絕望地跟著彼得太太的車，和她的那堆男男羅滿史小說聽著車上廣播放著的《直通地獄的高速公路》一起搖滾，直到神父和魔鬼都發出沉重的喘息。

車廂上的重量忽然消失，魔鬼也安靜下來，甚至連車上的廣播都莫名停止。

伊莎貝拉屏氣凝神，寧靜持續了好長一段時間，它心裡暗自期盼著神父和魔鬼是不是決定就這樣忘記它，然後離去。

說真的，它可能寧願和這堆男男羅曼史小說一起被丟進焚化爐裡焚燒，也不願意再看那對狗男男……

「也不願意怎樣？」車廂蓋忽然被打開，臉色紅潤的神父出現在眼前。

後面屁股紅通通的魔鬼正抖著腿在穿褲子，還猛打著飽嗝，看來最後是決定好了要用哪邊的嘴吃。

「我、我什麼也沒說！」伊莎貝拉尖叫，卻再次被神父用脫落的膠帶封住嘴。

「哼嗯……我們該拿你怎麼辦呢？垃圾焚化爐？水泥攪拌機？還是跟豬肉一起用滾水汆燙？」神父嘻嘻笑著，宛如魔鬼。

「你不要的話，能不能給我？」不知何時湊上來的魔鬼抹著唇邊的精液往嘴裡送，宛如白痴。

「你要這種垃圾幹嘛？」

「你丟出去……然後我撿回來。」魔鬼又開始興奮，他對它似乎有種很強烈的執念。

「我不管丟出去幾次你都會撿回來是不是，你這笨狗，要撿也去撿個金條回來吧，撿這種大便幹嘛？」

伊莎貝拉想哭。

「不然給我，我去找亞契玩就是了。」魔鬼說。
「不。」神父掐緊了伊莎貝拉的氣管。
「那……那你陪我玩嘛！陪我玩！我今天不是表現很棒嗎？陪我玩！」魔鬼開始該該叫。
就在伊莎貝拉覺得神父是時候差不多該抓狂，抓住紅髮魔鬼痛揍他一頓時，神父卻只是幾乎掐爛了它的頸子，滿臉不耐煩地嘆息，然後將它交給了盯著它興奮喘息的紅髮魔鬼。
「明天才能玩，知道嗎？」
「知道、知道。」紅髮魔鬼口水滴到了它身上。
「而且只能跟我玩，知道嗎？」
「知道、知道。」
「乖孩子！」
神父扯住魔鬼的外套親吻他，魔鬼咻！咻！咻！地搖晃著尾巴。
伊莎貝拉看著這一來一往的神父與魔鬼，只能夾在中間的它已經徹底迷失，搞不清楚這世道究竟是怎麼回事了。

但無論如何，只有一件事它很清楚——

「不過今天可以先練習一下。」

神父抓住它，一把將它扔了出去，又高又遠，就像魔鬼要的那樣。

——以後的日子要更難過了。

國家圖書館出版品預行編目資料

地獄犬受難日 / 碰碰俺爺作 . -- 初版 . -- 臺北市 :
臺灣角川股份有限公司 , 2022.07-
冊 ; 公分
ISBN 978-626-321-624-2(上冊 : 平裝)

863.57 111007668

地獄犬受難日 1

作者 / 碰碰俺爺
插畫 / 澈總

2022年7月28日 初版第1刷發行

發行人 / 岩崎剛人
總監 / 呂慧君
編輯 / 蘇涵
美術設計 / 邱靖婷
印務 / 李明修（主任）、張加恩（主任）、張凱棋

台灣角川

發行所 / 台灣角川股份有限公司
地址 / 104台北市中山區松江路223號3樓
電話 / （02）2510-3000
傳真 / （02）2515-0033
網址 / www.kadokawa.com.tw
劃撥帳戶 / 台灣角川股份有限公司
劃撥帳號 / 19487412
法律顧問 / 有澤法律事務所
製版 / 尚騰印刷事業有限公司
ISBN / 978-626-321-624-2